Diogenes Taschenbuch 22556

de
te
be

Georges Simenon

Der Schwager

Roman

Deutsch von
Renate Heimbucher

Diogenes

Titel der Originalausgabe:
›Les sœurs Lacroix‹

Umschlagfoto von Jürgen Spohn.
Aus: Jürgen Spohn,
›Augenreise durch die Provence‹,
Die bibliophilen Taschenbücher,
Harenberg Kommunikation,
Dortmund 1984, 1988

Deutsche Erstausgabe

80/93/8/1
ISBN 3 257 22556 3

Jede Familie hat
eine Leiche im Keller

ERSTER TEIL

I

»Voll der Gnade, der Herr ist mit dir... voll der Gnade, der Herr ist mit dir...«

Die Worte hatten keinen Sinn mehr, waren keine Worte mehr. Bewegte Geneviève überhaupt die Lippen? Würde sich ihre Stimme mit dem dumpfen Gemurmel vereinigen, das aus den dunkelsten Winkeln der Kirche emporstieg?

Manche Silben schienen sich häufiger als andere zu wiederholen, geheimnisvoll und bedeutungsschwer.

»... voll der Gnaden... voll der Gnaden...«

Dann der traurige Schluß des *Ave:*

»... bitte für uns arme Sünder, jetzt und in der Stunde unseres Todes, amen.«

Als Kind hatten diese unablässig wiederkehrenden Worte sie beim Rosenkranzbeten immer rasch in ihren Bann gezogen, und sie war nicht selten in Tränen ausgebrochen.

»... jetzt und in der Stunde... in der Stunde...«

Dann hatte sie, durch ihre Tränen hindurch zur Jungfrau aufblickend, ausgerufen:

»Mach, daß ich als erste sterbe!... Oder daß wir alle gemeinsam sterben, Mutter, Vater und Jacques!«

Nicht weit von ihr dröhnte irgendwo im Dunkeln,

bei der Antoniusstatue, eine tiefe Baßstimme. Die Gesichter sah man nicht. Man erkannte nur schattenhafte Gestalten, denn der Meßdiener hatte in der ganzen Kirche nicht mehr als vier Lampen angeschaltet, deren spitze Strahlen zwischen den Säulen Strahlenkränze bildeten so groß wie Heiligenscheine.

»... voll der Gnade ... der Herr ...«

Während des ganzen Vespergottesdiensts herrschte um Geneviève herum ein gedämpftes Kommen und Gehen, doch sie bemerkte es nicht. Anfangs waren sie vier Frauen gewesen, die alle in derselben Stuhlreihe knieten. Die erste war in den Beichtstuhl getreten und hatte leise, mit asthmatisch keuchender Stimme zu sprechen begonnen. Beim Herauskommen war sie würdevoll an den anderen vorbeigegangen und hatte im Hauptschiff Platz genommen.

Ihr war eine zweite Beichtende gefolgt, die übertrieben leise sprach und sich alle naselang umdrehte, um sich zu vergewissern, daß auch keiner zuhörte. Genevièves Nachbarin, deren schwarzer Mantel nach feuchtem Wollstoff roch, erforschte unterdessen mit in den Händen verborgenem Gesicht weiter ihr Gewissen.

»... Gegrüßet seist du, Maria, voll der Gnade ...«

Die Wachskerzen hätte man zählen können. Waren es wirklich bloß zwanzig? Kaum mehr. Trotzdem ließen die tanzenden Feuerzungen, die sich emporreckten, sich duckten und geschmeidig wieder hochschnellten, all die im Halbkreis angeordneten gelben Flammen, von denen jede ihr Eigenleben hatte, vor Genevièves Augen eine ganze Phantasmagorie erstehen.

Deshalb sah sie nichts anderes, weder die schwarzgekleideten Bäuerinnen, die eine nach der anderen in den Beichtstuhl schlüpften, noch den Alten mit der dröhnenden Baßstimme, der sich nun, das linke Bein nachziehend, zum Ausgang wandte.

In ihrem Kopf flackerten die Flammen, aber sie blickte höher hinauf, höher als das edelsteinbesetzte Brokatkleid, höher als das Köpfchen des Jesuskindes. Seit sie hierherkam, seit jeher sozusagen, blickte sie auf das Antlitz der Jungfrau Maria, die im Kerzenlicht allmählich lebendig wurde, die Lippen leicht öffnete und den Kopf zu Geneviève herabneigte.

»... jetzt und in der Stunde unseres Todes, amen.«

Schritte auf den großen grauen Steinfliesen und Ströme kalter Luft, das leise Knarzen der gepolsterten Tür. Schritte auch am Altar, wo der Küster die Kerzen löschte ...

Geneviève hörte nichts, sah nichts, roch nicht den plötzlichen Geruch von heißem Wachs.

Der Priester in seinem Beichtstuhl zog den grünen Vorhang auf, streckte den Kopf heraus und wartete eine Weile. Da sich das Mädchen nicht vom Fleck rührte, hüstelte er diskret, dann begriff er, daß sie nicht zum Beichten hier war, und nahm seine Stola ab. Leise ging er davon, konnte es sich aber nicht verkneifen, sich umzudrehen, als er an ihr vorbeikam.

Wieder war jemand hinausgegangen. Der Küster durchquerte mit großen, hallenden Schritten das Längsschiff und gab damit zu verstehen, daß nun Schluß war mit dem Gottesdienst und den Gebeten.

Geneviève fuhr hoch, sah sich erschrocken um und heftete ihren Blick wieder auf das Gesicht der Jungfrau

Maria. Sie nahm ihren ganzen Willen zusammen, als ob es eine Willensfrage wäre, und flüsterte:

»Schöne heilige Jungfrau ... Du mußt irgendwas tun, damit es zu Hause anders wird ... Tante Poldine und Mama sollen aufhören, sich zu hassen und Papa zu hassen ... Mein Bruder Jacques und Papa sollen versuchen miteinander auszukommen ... Liebe heilige Jungfrau, alle bei uns zu Hause sollen aufhören, sich zu hassen ...«

Der Küster hinten in der Kirche polterte ungeduldig herum, und Geneviève, der es heiß in der Brust war und der zwei Tränen in den Augenwinkeln saßen, verließ ihren Platz, nahm ihre Handschuhe, machte einen tiefen Knicks, drehte sich um und warf einen letzten Blick zur Marienfigur hinauf, die im Feuerlicht der Kerzen zu leben schien.

Je näher sie zur Türe kam, desto kälter wurde es. Als sie in den Vorhof hinaustrat, fiel ein heftiger Regen, prasselte auf das Pflaster, auf die Treppenstufen. Sie blieb unter dem Vordach in der feuchten Kälte stehen, neben einem großen barfüßigen Heiligen aus Stein mit abbröckelnden Zehen. Sie sah die Gaslaterne an der Straßenecke, dort wo die Mauer um das Pfarrhaus zu Ende war; gegenüber war ein Fenster erleuchtet, aber sie konnte nicht erkennen, was im milden Lampenschein dahinter geschah.

»Liebe heilige Jungfrau, mach, daß ...«

Ohne es zu merken, betete sie weiter, was sie nicht daran hinderte, zu überlegen, daß der Regen heute abend wahrscheinlich nicht mehr aufhören würde und sie ohnehin spät dran war.

Sie trug einen Mantel aus hellblauem Ratiné mit Halbgürtel, wie die Mädchen aus dem Pensionat. Darunter war sie so dünn, daß das schwere Kleidungsstück sie schier erdrückte. Als sie die Häuser entlanglaufen wollte, geriet sie sofort außer Atem. Man hatte ihr ohnehin verboten zu rennen, wegen ihrer Knöchel, die sie sich so leicht verstauchte.

Da sie jeden Tag denselben Weg ging, sah sie schon gar nichts mehr; gerade daß sie im Vorbeigehen den Duft wahrnahm, der aus dem Kellerfenster der Konditorei emporstieg, und ein Stück weiter das Stimmengewirr aus dem ›Café du Globe‹ hörte.

»Geneviève!«

Sie zuckte zusammen, war so erschrocken, daß sie sich mit der Hand an die Brust faßte und eine Weile brauchte, bis sie begriff, daß es keinen Grund zur Angst gab, daß es nur ihr Bruder war, der sie gerufen hatte.

»Jacques ...«, stammelte sie und versuchte sich zu beruhigen.

Es gelang ihr nicht. Es war eine körperliche Angst. Der Schreck war ihr in die Glieder gefahren, und sie befürchtete auch jetzt noch irgend etwas, starrte ihren Bruder immer noch angsterfüllt an.

»Komm hier rüber«, sagte er. »Ich muß mit dir reden ...«

»Aber ...«

Sie zögerte, die finstere Gasse zu betreten, aber er zerrte sie mit. Das bedeutete nichts Gutes, sie spürte es, und ihr Körper verkrampfte sich unwillkürlich, als ob er sich zusammenziehen, sich ganz klein machen wollte, um der Gefahr weniger Angriffsfläche zu bieten.

»Na, komm schon«, drängte Jacques, der groß und stark war und jetzt mit finsterer Miene die Hände in den Taschen seines Gabardinemantels vergrub.

Doch sie mußten noch ein Stück weitergehen, weil die dunkle Ecke schon von einem Liebespärchen besetzt war.

»Was ist, Jacques?«

»Wenn du schon vorher zitterst, sage ich es lieber gar nicht.«

»Ich zittere nicht.«

Bis vor einem Augenblick vielleicht nicht. Aber kaum sprachen sie davon, begann sie wirklich zu zittern. So war es immer. Sie war zu nervös. Sie hatte sich nicht in der Gewalt. Jetzt zum Beispiel war sie so aufgeregt, daß es richtig weh tat. Und sie hätte nicht einmal sagen können weshalb. Sie litt an etwas, das gar nicht existierte. Vielleicht litt sie im voraus unter etwas, das noch nicht eingetreten war? Oder litt sie, wie sie manchmal dachte, aus Versehen für jemand anders?

»Ist dir kalt?« fragte Jacques, der sie nicht gern in diesem Zustand sah.

»Nein! Was wolltest du mir sagen? Sie warten auf uns...«

»Eben!«

Jetzt bedauerte er, daß er seiner Schwester auf der Straße aufgelauert und sie angesprochen hatte. Sie weinte ja schon, klammerte sich mit ihren zarten, bebenden Händen an seinen Arm.

»Du wirst es nicht tun, Jacques, ja?«

»Ich habe es lange genug hinausgeschoben ...«

Sie fror wirklich, und auf ihrem Nacken zerplatzte ein dicker Wassertropfen.

»Ohne mich wirst du es ruhiger haben ... Jedenfalls wird es ein paar Streitereien weniger geben ...«

»Wann gehst du?«

»Heute nacht ... Deshalb wollte ich dir Bescheid sagen ... Erschrick nicht, falls du Geräusche hörst ...«

»Jacques!«

»Komm ... Gehen wir nach Hause ... Oder geh du lieber als erste ...«

»Und sie?«

Er wandte den Kopf ab und gab keine Antwort. Sie ließ nicht locker, rüttelte ihn am Arm.

»Und Blanche?«

»Sie kommt mit ... Geh jetzt! ... Nein! Fang bloß keine lange Predigt an ...«

Aus Angst, weich zu werden, zwang er sich, seine Schwester nicht anzusehen.

»Mach schnell, sonst gibt es wieder Krach ...«

Geneviève mußte die breite, hell erleuchtete Straße entlanggehen, den Platz überqueren, wo immer die alte Bettlerin auf einer Bank saß, und schließlich in die stille Straße einbiegen, an deren Ende sie wohnte. Sie zitterte immer noch, und dieses Zittern machte ihr angst, denn es war immer ein Zeichen, daß irgend etwas bevorstand. Sie ging rasch. Sie begann zu rennen, blieb wegen ihres Herzklopfens wieder stehen.

Tante Poldine war noch nicht hinuntergegangen, denn im ersten Stock, in dem Zimmer, das sie als ihr Büro bezeichnete, brannte Licht. Auch ganz oben war

Licht, in dem Atelier mit den großen Glasfenstern, in dem der Vater arbeitete.

Geneviève suchte in ihrer feuchten Handtasche nach dem Schlüssel, traf in der Diele auf das Dienstmädchen, das den Tisch decken ging.

»Zieh dich geschwind um... Du hast dich wieder erkältet...«

Sie zuckte zusammen. Sie zuckte jedesmal zusammen, wenn etwas von außen auf sie zukam, selbst wenn es, wie in diesem Fall, nur die Stimme ihrer Mutter war.

Allerdings hatte sie die Mutter nicht kommen sehen. Mathilde sprach immer, bevor man sie sah, so leise schlich sie durchs Haus.

»Bist du jemandem begegnet?«

Geneviève errötete. Es gab überhaupt keinen Grund, ihr diese Frage zu stellen. Jeder wußte, daß sie mit niemandem sprach, daß sie unterwegs nie stehenblieb, nicht einmal, um in ein Schaufenster zu blicken... Warum fragte sie ausgerechnet heute?

Sie hob das in schwarzes Leinen eingebundene Gebetbuch auf, das ihr hinuntergefallen war, und stieg die gebohnerten Treppenstufen hinauf. Einen Augenblick lang fragte sie sich, ob sie nicht vielleicht einen Schwindelanfall hatte.

Ein paar Minuten blieb das Haus noch still, und man hätte meinen können, daß Frieden darin herrschte. Genevièves Vater trieb Gott weiß was in seinem Atelier, dessen Tür er immer abschloß. Vielleicht arbeitete er. Aber er konnte sich nicht die ganze Zeit, die er in diesem Raum verbrachte, nur mit dem Restaurieren von Bildern beschäftigen.

Vermutlich besaß er Bücher. Man sah ihn allerdings nie welche mitbringen. Wenn er welche hatte, dann waren es alte, die schon immer dagewesen waren. Einmal, als die Tür halb offenstand, hatte Geneviève einen Blick auf einen Wust von obskuren Gegenständen erhascht, Teppiche, sonderbare Figürchen, bleiche Masken an den Wänden, alte Waffen ...

Niemand wußte genau, was sich alles in diesem Atelier befand, aber wenigstens war bekannt, was hinein- und hinausgeschafft wurde, denn wenn der Vater die Treppe hinauf- oder hinabstieg, machte Tante Poldine unweigerlich ihre Türe auf.

Der Ofen mußte ziemlich groß sein, denn er schluckte jeden Morgen einen ganzen Eimer Kohlen, den Emmanuel Vernes eigenhändig hinaufschleppte.

Womit sich Tante Poldine befaßte, war nicht schwer zu erraten: sie rechnete! Sie saß vor Stapeln schwarzer Notizbücher mit Wachstuchumschlag, deren Seiten voller mit Bleistift geschriebener Zahlen waren. Ihre Armbanduhr hatte sie mitten auf den Schreibtisch gelegt, und Punkt sieben würde sie aufstehen, die Tür einen Spalt öffnen, die Ohren spitzen und auf den Klingelton warten, der, manchmal mit einigen Sekunden Verspätung, das Abendessen ankündigte.

Dann würde sie kerzengerade und gewichtig wie ein Turm hinuntergehen. Sie würde hinuntergehen, und ...

Geneviève mußte sich auf den Bettrand setzen. Es war doch eigenartig. Sie, die doch schon sämtliche nur denkbaren Krankheiten durchgemacht hatte, empfand plötzlich eine neue Art von Unwohlsein, das sie erschreckte. Reglos saß sie da, um dem Übel in ihrem Innern genauer nachzuspüren, gleichsam in sich hineinzuhorchen.

Ach was! Sie war zu schnell gelaufen! Dann hatte Jacques ihr einen Schreck eingejagt. Sie war es nicht gewöhnt, auf der Straße angesprochen zu werden, und hatte, so seltsam es scheinen mochte, die Stimme ihres Bruders nicht gleich erkannt.

»...Heilige Maria, Mutter Gottes, bitte für uns arme...«

Sie entspannte sich, glaubte, daß es vorbei sei, und lächelte matt, wie jemand, der vor seinem eigenen Schatten erschrocken ist. Sie wollte aufstehen, und da fing es wieder an.

Es war kein richtiger Schmerz. Eher eine unbestimmte Angst. Sie hatte das Gefühl, daß ein Unglück, ein schlimmes Ereignis bevorstand und daß sie keine Zeit verlieren durfte, irgend etwas unternehmen, irgendwohin gehen mußte. Doch ihre Füße waren wie am Boden festgenagelt und ihre Beine so schwer... Nein, es war ihr ganzer Körper, der schwer war, denn ihre Knie zitterten ja, drohten einzuknicken...

Beinahe hätte sie gerufen:

»Vater!«

Sie hörte, wie Jacques mit dem Schlüssel im Schlüsselloch stocherte, die Haustür aufschloß, seinen Regenmantel an die Garderobe hängte und ins Eßzimmer trat, wo seine Mutter wie auf der Lauer hinter der Tür stand.

Das ganze Haus war erfüllt vom Geruch der Lauchsuppe. Oben im Flur ging eine Tür auf. Sicher wartete

Tante Poldine dahinter mit der Uhr in der Hand auf das Klingeln zum Abendessen.

Und da ereignete sich auch schon der erste unerwartete Vorfall. Geneviève hatte ihre Tür nicht ganz geschlossen, damit vom Gang her ein wenig Licht hereinfiel, denn in ihrem Zimmer hatte sie die Lampe nicht angeschaltet, weshalb, wußte sie selbst nicht. Sie saß im Dunkeln auf der Bettkante.

Tante Poldine stieß ganz mechanisch die Tür auf und fragte zögernd:

»Bist du hier?«

Im gleichen Augenblick entdeckte sie in der Dunkelheit das milchweiße Gesicht des Mädchens und zuckte zusammen.

»Was tust du da?« fragte sie mit unsicherer Stimme.

»Nichts, Tante...«

Der Vorfall war wirklich nicht der Beachtung wert. Weshalb hätte Tante Poldine Angst haben sollen?

Und war es nicht ganz natürlich, daß jemand eine Tür aufstieß, wenn er sah, daß sie nur angelehnt war?

In der Diele im Erdgeschoß schellte die Glocke. Tante Poldine wandte sich zum Gehen.

»Kommst du?« fragte sie.

An diesem Punkt fand das zweite Ereignis statt, das eigentlich gar kein Ereignis war. Normalerweise hätte man genau in diesem Augenblick, während also Tante Poldine noch auf der Treppe war, im obersten Stock die Ateliertür aufgehen hören müssen, dann das Geräusch des Schlüssels im Schlüsselloch, denn Emmanuel Vernes sperrte seine Tür immer ab.

Dieser Ablauf war so fest geregelt, daß Geneviève auf

dem Treppenabsatz stehenblieb und mit immer noch weichen Knien, den Rücken gegen die Wand gelehnt, auf ihren Vater wartete und sich darauf freute, die letzten Stufen gemeinsam mit ihm hinunterzugehen.

»Na, was ist, Geneviève?«

Das kam von unten. Es war die Stimme ihrer Mutter, und Geneviève ging hinunter, trat in das helle Eßzimmer, blieb verdutzt stehen, als sie ihren Vater an seinem Platz sitzen sah.

»Was hast du?«

»Ich? Nichts!... Entschuldigt...«

Der Kopf drehte sich ihr. Es war ihr unbegreiflich, wie der Vater da sein konnte. Sie hatte ihn doch gar nicht aus seinem Atelier kommen hören!

Zugleich bemühte sie sich, den Blicken von Jacques auszuweichen, der fälschlicherweise glaubte, sie sei wegen dem, was er ihr gesagt hatte, so verwirrt, und sie besorgt fixierte, als wolle er ihr einschärfen:

»Paß bloß auf, daß du nichts verrätst...«

Tante Poldine stand noch. Ihr graues Haar war beinahe auf gleicher Höhe mit dem Kronleuchter. Würdevoll wie immer tauchte sie die silberne Kelle in die Terrine, füllte die dampfende Flüssigkeit in die Teller, die ihr nacheinander gereicht wurden.

»Was hast du? Hast du dich wirklich erkältet?«

Mathilde musterte stirnrunzelnd ihre Tochter, richtete ihren Blick dann auf Jacques und fragte argwöhnisch:

»Und du? Wieso starrst du deine Schwester so an?«

»Mutter, glaub mir...«

Tante Poldine seufzte, hielt inne, was soviel bedeutete wie:

»Wenn ihr endlich fertig seid, kann ich zu essen anfangen.«

In Wirklichkeit war, von Jacques' Entschluß einmal abgesehen, nichts geschehen, was diesen Abend von den anderen unterschied. Warum sah Geneviève sich dann um wie ein Tier, das Gefahr wittert? Sie hatte den Löffel in der Hand, konnte sich aber nicht entschließen, ihre Suppe zu essen. Sie fühlte sich beobachtet und bemühte sich vergebens, sich normal zu verhalten.

Den Vater hatte sie noch gar nicht angesehen. Sie vermied es möglichst lange, sich zu ihm zu wenden, denn dann würde Tante Poldine mißbilligend das Gesicht verziehen.

»Die zwei da sind sich immer einig!« wollte sie damit sagen.

Und das würde letztlich nur wieder dem Vater angekreidet werden!

»Wenn du wirklich krank bist, solltest du vielleicht lieber ins Bett gehen ...«, schlug die Mutter vor.

Und Geneviève, die jetzt endlich ihrem Vater ins Gesicht sah, durchfuhr ein neuer Schreck. Noch nie war er so bleich gewesen, mit so tiefen Schatten unter den Augen, vor allem aber hatte er noch nie diesen zugleich ruhigen und tragischen Gesichtsausdruck gehabt.

»Ich ...«, begann sie.

Alle warteten gespannt, mit halb erhobenem Löffel.

»Na, was ist?«

»Ich … ich weiß nicht …«

Und dann entfuhr ihr plötzlich dieser Schrei, ein Schrei, wie sie ihn noch nie im Leben ausgestoßen hatte und der sie selbst erstarren ließ. Gleichzeitig war ihr, als würde ihr Inneres zerrissen, ein grelles Licht blitzte auf, das nicht vom Kronleuchter kam, ein Licht, das die um den Tisch herum aufgereihten Gesichter, das des Vaters, der Mutter, das von Tante Poldine und von Jacques, im Halbdunkel ließ …

Sie sah auch das rosige Gesicht von Elise, der Hausgehilfin, die entweder schon vorher dagewesen oder eben erst hereingekommen war.

Geneviève wußte nicht, ob sie stand oder saß, jedenfalls klammerte sie sich an den Tisch, und was sie vor Augen hatte, war nicht die gewohnte und vertraute Umgebung mit den Gesichtern der Eltern: vor sich sah sie ein Bild, auf dem jedes Detail, einschließlich der Angst, die aus den braunen Augen ihres Vaters sprach, wie für die Ewigkeit fixiert schien.

»Ich hab solche Angst!« stammelte sie, ohne zu merken, daß sie sprach.

Alle starrten sie an wie jemanden, der eben noch friedlich geschlafen hat und von einem Alptraum heimgesucht plötzlich hochschreckt. Sie empfand nicht nur Angst, sie flößte auch Angst ein. Man fragte sich, was diese weit aufgerissenen Augen sehen mochten.

»Geneviève! … Ich flehe dich an …!«

Jacques, der ein unbedachtes Wort fürchtete, hatte seinen Stuhl zurückgestoßen und versuchte seine Schwester aus dem Zimmer zu ziehen.

»Komm! … Du mußt dich hinlegen …«

Warum war auch der Vater aufgesprungen, warum lief er ans Fenster, zog den Vorhang auf und drückte seine Stirn gegen die beschlagene Scheibe, den Rücken zum Zimmer, wie taub für alles, was darin vorging?

Geneviève rang nach Luft, richtete sich auf, sie wollte laufen, aus dem Eßzimmer hinaus und in ihr Zimmer, doch sowie sie den Tisch losließ, an dem sie sich festgeklammert hatte, entfuhr ihr erneut ein Schrei.

»Vater!«

Sie taumelte, wollte sich an der Stuhllehne festhalten. Der Stuhl kippte, und das Mädchen stürzte hin, blieb auf dem Boden liegen, mit dem angsterfüllten Gesichtsausdruck eines Geschöpfes, das hilflos einer Katastrophe ausgeliefert ist.

»Was … was habe ich nur?«

Tante Poldine murmelte dunkel und vielsagend:

»Da seht ihr, wohin das führt!«

Die Mutter wandte beschämt den Blick ab, während Jacques sich um seine Schwester bemühte.

»Steh auf … Bleib doch nicht so auf dem Boden liegen …«, fuhr er sie an, ohne es zu wollen.

Und sie, mit einer Stimme, die aus weiter Ferne zu kommen schien:

»Ich kann nicht, Jacques! Du siehst doch, daß ich nicht kann …«

Der Vater sah zu. Jacques hob seine Schwester auf, stellte sie auf die Füße, doch ihre Beine knickten ein wie die Beine einer Stoffpuppe.

»Ich kann nicht … Ich hab's dir doch gesagt … Es wird schon vorbeigehen …«

»Setz sie doch hin!« rief Tante Poldine unwillig. »Und Sie, dumme Gans, holen Sie endlich Essig!«

Elise, der das alles unbegreiflich war, ging hinaus, und es sollte ihr immer ein Rätsel bleiben, weshalb der Vater hinter ihr hinausging, draußen in einem Winkel der Diele den Kopf in die Arme legte und heiser zu weinen begann.

»Vielleicht sollten wir den Arzt rufen«, meinte die Mutter.

»Vielleicht sollten wir sie zunächst hinlegen. Es ist ja nicht das erstemal, daß sie ohnmächtig wird.«

Geneviève lag immer noch da und starrte alle wie abwesend an. Sie verschwammen für sie in einem vagen Halbdunkel, nahmen die Gestalt von Gespenstern an.

Trotzdem hörte sie, was ihr Bruder ihr zuflüsterte, als er sie die Treppe hinauftrug.

»Verrate bloß nichts!«

Als Antwort stammelte sie nur:

»Ich habe Angst gehabt...«

»Wovor denn?«

»Ich weiß nicht... Ich hab solche Angst gehabt, Jacques!...«

Sie ließ sich von ihrer Mutter ausziehen. Aus Tante Poldines Büro hörte sie die Stimme von Jacques, der bei Doktor Jules anrief.

»Wegen meiner Schwester, ja... Weiß ich nicht...«

Es war heiß. Das Haus war immer überheizt, was Tante Poldine und ihre Schwester nicht daran hinderte, sich in mehrere Schichten Wolle zu hüllen. Schlimmer noch als die Hitze war die Feuchtigkeit. Und man fürchtete so sehr, von dieser feuchten Wärme könnte etwas verlorengehen, daß man die Türen immer nur einen Spaltbreit öffnete.

»Kommt er?«

Das war die Stimme von Tante Poldine, die Jacques fragte, ob der Arzt kommen würde.

»Er war gerade bei Tisch. Er bricht sofort auf...«

Die Tante blieb einen Augenblick auf der Schwelle stehen und betrachtete Geneviève, die von ihrer Mutter ausgezogen wurde. Aus Poldines Augen sprach keinerlei Mitleid. Eher schon eine gewisse Genugtuung.

»Geschieht dir ganz recht!« schien sie zu sagen.

Auch die Miene der Mutter drückte kein Mitleid aus, sondern Verdruß über jegliche Komplikation und auch verständnislose Ungeduld.

»Was ist nur auf einmal mit dir los? Wo bist du heute nachmittag gewesen? Wem bist du begegnet?«

»Ich schwöre dir, Mutter...«

Man sagte weder Mama noch Papa. In diesem Haus hätten solche Wörter lächerlich geklungen.

»Kannst du wirklich nicht stehen?«

»Ich kann es gern versuchen... Siehst du... Ich falle um...«

Geneviève lächelte zaghaft, um Verzeihung bittend.

»Wo ist Vater?«

Just um den machte sich auch Tante Poldine Gedanken. Beim Hinuntergehen hatte sie ihren Schwager mit roten Augen, hängendem Schnurrbart und trübem Blick auf der untersten Treppenstufe sitzen sehen.

Ihr Gesicht hatte sich verfinstert, und sie war aufrecht und ruhig ins Eßzimmer getreten, hatte im Vorbeigehen den Stuhl aufgestellt, den ihre Nichte umgeworfen hatte. Irgend etwas gefiel ihr nicht, kam ihr vielleicht nicht normal vor, denn ihre Stirn blieb sorgenvoll, während sie sich wieder auf ihren Platz setzte und einen Löffel Suppe aß.

Ihr Arm streckte sich unwillkürlich zum Kronleuchter hinauf, von dem der lackierte Schalter der elektrischen Klingel herabhing. Es dauerte lange, bis Elise hereinkam, ihre feuchten Hände an der Schürze abtrocknend.

»Machen Sie die Tür zu.«

Elise, die erst sechzehn und klein und pummelig war, deutete auf die Tür zur Diele.

»Die dort?«

Natürlich, das war die einzige, die offenstand! Es kam ihr nur sonderbar vor, sie zu schließen, während Emmanuel Vernes ganz allein in der Diele war.

»So, und jetzt kommen Sie her. Wo war mein Schwager, während wir uns zu Tisch gesetzt haben?«

»Weiß ich nicht, Madame.«

»Haben Sie gesehen oder gehört, wie er heruntergekommen ist?«

»Nein, Madame.«

»Sie haben ihn auch nicht hereinkommen hören?«

»Von draußen meinen Sie? Nein, Madame. Ich habe ihn nur gesehen, als er in die Küche kam und mich um eine Stecknadel bat.«

»Er ist in die Küche gekommen?«

»Ja, Madame.«

»Wann?«

»Kurz vor dem Abendessen.«

»Was hat er mit Ihnen gemacht?«

»Nichts, Madame.«
»Sind Sie sicher, daß er Ihnen nichts getan hat?«
»Ja doch, Madame!«
»Hat er es nicht versucht?«
»Nein, Madame.«
»Sie können gehen!«
Das Mädchen ging hinaus, gerade als Emmanuel hereinkam, wieder ruhig, mehr düster als niedergeschlagen. Er setzte sich an seinen Platz, die Ellenbogen auf dem Tisch, und starrte vor sich hin ins Leere.
»Was hattest du in der Küche zu suchen?« fragte ihn seine Schwägerin unvermittelt.
Er fuhr zusammen.
»Ich? Wann?«
»Stell dich nicht so dumm... Du weißt, daß das bei mir nicht verfängt... Was wolltest du in der Küche? Da du Elise nicht angerührt hast, mußt du etwas anderes vorgehabt haben...«
Im oberen Stockwerk ertönten Schritte. Die Luft war zu sehr aufgerührt worden und hatte nicht ihre gewohnte Konsistenz, ja sie schien sogar anders zu riechen als sonst.
»Willst du mir nicht antworten?«
»Wieso?«
Seine Augen hefteten sich auf die leeren Stühle. Er war ganz allein mit Poldine, deren Blick nie anders als strafend und vernichtend auf ihm ruhte.
»Gib mir die Nadel...«
»Was für eine Nadel?«
»Die Nadel, die du dir vom Dienstmädchen hast geben lassen...«

Er suchte an seinem Revers danach, fand sie nicht.

»Warum zitterst du?«

»Ich zittere nicht.«

»Warum traust du dich nicht, mich anzuschauen? Es ist doch klar, was los ist, wenn du so ein Gesicht machst.«

Er wollte aufstehen, hinausgehen. Er sehnte das Klingeln des Doktors herbei, der immer noch nicht gekommen war.

»Was hast du sonst noch gemacht?«

Einen Augenblick lang hätte man glauben können, daß er antworten würde. Er sah sie an, mit hartem Blick und bebenden Nasenflügeln. Gleich darauf jedoch wandte er den Kopf ab, zog die Schultern ein.

»Nun sag schon, was hast du noch gemacht, mein kleiner Emmanuel?«

Und das sagte Tante Poldine, diese Trutzburg, mit einer sanften, geradezu hinterhältig sanften Stimme, in falschem, einschmeichelndem Ton.

»Na schön, ich finde es schon heraus!... Und du weißt, daß ich es herausfinde...«

Die Türglocke, endlich! Während ihr Schwager öffnen ging, blieb sie allein sitzen, tauchte ihren Löffel in die Suppe. Sie tat es ohne bestimmte Absicht, und doch drängte sich ihr ein Gedanke auf. Vielleicht hatte der Geschmack der kalt gewordenen Suppe sie stutzig gemacht? Sie rümpfte die Nase, nahm noch einen Löffel, beugte sich über die Terrine.

»Das würde er nicht wagen...« murmelte sie.

Trotzdem stand sie auf, ging zum Buffet, nahm ein leeres Fläschchen heraus.

Von oben tönte die kräftige, gemütliche Stimme des Doktors, der sich immer verpflichtet fühlte, mit seinen Patienten Scherze zu machen und ihnen Geschichten zu erzählen.

Als Jacques herunterkam, begegnete er auf der Treppe seiner Tante, die etwas unter ihrem Schal verbarg.

Elise hatte die Schwarzwurzeln anbrennen lassen und fragte sich, ob die Herrschaften wohl weiteressen würden. Luftströme, die von nirgendwoher zu kommen schienen, wehten durch das Haus und hinterließen in den Räumen einen Eindruck von Leere.

2

Wie kochende Milch bei der Berührung mit irgendeinem Gegenstand sofort zusammenfällt, so genügte die Anwesenheit eines x-beliebigen Fremden, und die fiebrige Überreiztheit im Haus verschwand hinter einer Fassade der Alltäglichkeit. Léopoldine Lacroix, von den Kindern Tante Poldine genannt, stand in der Eßzimmertür, warf einen Blick ins Treppenhaus hinauf und sagte zu Elise:

»Räumen Sie rasch den Tisch ab.«

Sie war gelassen genug, ihren Blick prüfend über den Raum schweifen zu lassen und einen Stuhl geradezurücken, der nicht in der Reihe stand.

Nicht nur sie gehorchte dieser geheimen Verhaltensmaßregel, die das Haus verwandelte, sobald ein Eindringling nahte. Auch Emmanuel Vernes huschte, von weiß Gott woher kommend, lautlos ins Eßzimmer und nahm wie zu einer Theatervorstellung Platz. Ohne daß er seine Schwägerin auch nur anzusehen brauchte, wußte er, daß Waffenruhe zwischen ihnen herrschte. Beide horchten sie auf die Schritte auf der Treppe, beide wandten gleichzeitig den Kopf. Poldine verzog ihre Lippen soweit, daß es als Lächeln gelten konnte.

»Nur herein, Doktor... Setzen Sie sich...«

Doktor Malgrin, von allen Doktor Jules genannt, war schon zur Zeit von Notar Lacroix ins Haus gekommen, als den beiden Schwestern, den Demoiselles Lacroix, wie sie bei allen hießen, noch strohblonde Zöpfe auf dem Rücken baumelten. Er war klein, glatzköpfig und speckig, mit einem unschuldigen Lächeln, das von seinem wachen Blick sogleich Lügen gestraft wurde.

Er setzte sich auf den Platz, den man ihm zugewiesen hatte, streckte seine kurzen Beine von sich und spielte mit der Berlocke an seiner Uhrkette. Mathilde kam leise herein, machte eine entschuldigende Handbewegung und blieb am Kamin stehen.

»Sie trinken doch ein Gläschen, nicht wahr? Mathilde, gib die Zigarren rüber...«

So hatte man es im Haus immer gehalten. Von jeher hatten die Lacroix-Töchter gesehen, daß den im Lehnstuhl sitzenden Besuchern Schnaps und Zigarre angeboten wurden; und von jeher wartete man, bis der Fremde den ersten Schluck getrunken und ein paar Rauchwölkchen zum Kronleuchter emporgeblasen hatte, ehe man auf ernste Dinge zu sprechen kam.

»Was halten Sie von der Sache?« fragte schließlich Poldine.

Mathilde war die Mutter, aber es kam allen ganz normal vor, daß die ältere Schwester die Fragen an den Doktor stellte.

»Wissen Sie«, erwiderte dieser, »da läßt sich schwer schon etwas sagen... Offenbar ist irgendwas im Anzug... Aber was?«

Dabei wärmte er sein Glas mit seinen kurzfingrigen Händen, deren Haut knitterig wie Seidenpapier war.

»Es ist doch nichts Ansteckendes?« wollte Poldine weiter wissen. »Morgen kommt meine Tochter nach Hause, und wenn...«

»Das glaube ich nicht, nein! Wirklich nicht... Es gibt keinen Grund...«

Er ließ all diese Fragen gewohnheitsmäßig über sich ergehen, aber man merkte ihm an, daß er sie überhaupt nicht wichtig nahm. Nun schaltete sich auch Mathilde ein, deren Blick, sobald sie zu sprechen begann, ihr Mißtrauen verriet, ohne daß sie etwas dagegen tun konnte.

»Wie erklären Sie sich, daß Geneviève nicht mehr auf ihren Beinen stehen kann?«

»Was soll ich Ihnen darauf antworten? Ich kann es nicht erklären... Man muß sehen, wie sich die Krankheit entwickelt... Dann erst...«

»Was für Krankheiten könnten derartige Symptome ankündigen?«

»Die verschiedensten... Es ist viel zu früh, etwas dazu zu sagen...«

Seine Zigarre und seinen Cognac ließ er sich dadurch nicht verderben. Er war trotz seines schwerfälligen Äußeren geistig beweglich genug, seine Gedanken schweifen zu lassen, seine eigenen kleinen Beobachtungen anzustellen. So hatte sich bei ihm zu Hause seit dem Tod seiner Frau vor fünfundzwanzig Jahren nichts oder so gut wie nichts verändert, und er lebte mit seinen zweiundsiebzig Jahren in einer Umgebung, die er sozusagen von jeher kannte.

Trotz alledem wirkte seine Wohnung bei weitem nicht so starr und unveränderlich wie die der Lacroix'. Während Poldine sprach, machte er eine erstaunliche Feststellung: Die beiden Lacroix-Töchter waren verheiratet, Léopoldine mit einem Tuberkulosekranken, der in der Schweiz lebte, Mathilde mit Emmanuel Vernes. Offiziell hieß die ältere also Desborniaux, die jüngere Vernes. Léopoldines Tochter, deren Heimkehr eben angekündigt worden war, hieß Sophie Desborniaux; Geneviève und Jacques waren Vernes'.

Das hinderte aber die Leute nicht daran, weiterhin vom »Haus der Lacroix'« zu sprechen und seine Bewohner allesamt als Lacroix' zu betrachten.

Doktor Jules selbst hatte, als er überstürzt den Eßtisch verließ, seiner Haushälterin verkündet:

»Ich gehe zu den Lacroix-Schwestern!«

Durch nichts von ihrem Gedankengang abzubringen, fragte Léopoldine unbeirrt weiter:

»Ganz unter uns, glauben Sie, daß aus ihr irgendwann einmal ein normales junges Mädchen wird?«

»Aber ...«

»Sie können ganz offen reden. Als sie zur Welt kam, war mein Schwager bei schlechter Gesundheit, glaubte es aber vor uns verbergen zu müssen. Sie wissen so gut wie wir, daß Geneviève als Kind immer schwächlich war, und manchmal frage ich mich, ob es wirklich zu ihrem Besten war, daß wir all das für sie getan haben. Denn wenn sie nun behindert bleibt und noch jahrelang so weiterleben muß ...«

Mathilde zeigte keine Regung. Mit halbgeschlossenen Augen und über dem Leib gefalteten Händen starrte sie auf den Teppich.

»Verehrteste, wir Ärzte erleben so viele Wunder ...«

Emmanuel hatte man keinen Schnaps angeboten und auch keine Zigarre. Er war da, gewiß. Doch niemand kümmerte sich um ihn, und zweimal warf der Doktor einen verstohlenen Blick auf die allzu dunklen Ränder unter seinen Augen, auf die tiefen, scharfen Linien um seinen Mund. Am besorgniserregendsten waren seine aufgedunsenen Wangen, die aus einer teigigen, leblosen Masse zu bestehen schienen.

»Noch ein Gläschen, Doktor?... Aber ja doch! Sie sind unterwegs naß geworden... Kaum zu glauben, der Regen hat wohl endlich aufgehört... Um auf Geneviève zurückzukommen...«

Sie beendete ihren Satz nicht, erhob sich, schritt zur offenstehenden Tür und sagte mit ausdrucksloser Stimme ins Dunkel der Diele:

»Warum kommst du nicht herein?«

Es war Jacques. Er trat ein, weniger geschickt im Verstellen als die anderen, und setzte sich hinter den Arzt in eine Ecke.

»Nehmen wir mal an, daß es so ist«, hakte Poldine nach.

»Entschuldigung! Daß es wie ist?« unterbrach der Doktor sie mit Unschuldsblick.

»... daß sie behindert bleibt. Ich habe mir ja immer gedacht, daß es irgendwann noch so weit kommt. Was würden Sie uns dann empfehlen?«

»Im voraus kann ich schwer sagen...«

Man hätte fast meinen können, daß sie die Möglichkeit erwog, die Kranke wie ein lahmes Tier einschläfern zu lassen!

»Welche Art von Pflegeheim käme für sie in Frage?« verdeutlichte sie. »Berck behandelt nur Knochenkrankheiten, oder?«

Draußen ging höchstens jede Viertelstunde jemand

vorbei, in dieser Straße, in der es nur große Häuser gab wie das der Lacroix', mit verriegelten Fensterläden und einem Leben im Verborgenen. Der Regen hatte aufgehört. Ab und zu lösten sich noch dicke Wassertropfen von der Dachrinne.

Endlich ging die Haustür auf. Eine kleine, noch immer lebhafte Gestalt kam die Stufen herab, und Léopoldines ruhige Stimme sagte:

»Danke, Doktor!... Bis morgen... Kommen Sie nicht zu spät...«

Dann schloß sich die Tür wieder. Während Poldine ins Haus zurückkehrte, wechselte ihr Gesichtsausdruck. Sie blieb einen Augenblick auf der Schwelle zum Salon stehen, sah von einem zum anderen.

»Worauf wartet ihr noch?« stieß sie hervor. Schweigen. Und schließlich:

»Habt ihr nicht gemerkt, daß das ein alter Trottel ist?«

Der junge Mann küßte seinen Vater auf beide Wangen, und Vernes zeichnete mit einer rituellen Daumenbewegung ein kleines Kreuz auf Jacques' Stirn.

»Gute Nacht, mein Sohn.«

»Gute Nacht, Mutter.«

»Gute Nacht, Jacques.«

Mathilde war aus dem Zimmer ihrer Tochter gekommen und hatte verkündet:

»Viève ruht sich aus... Sie will niemanden um sich haben...«

Poldine war in ihrem Zimmer, das an das große, Büro genannte Zimmer angrenzte. Das Haus war geräumig, so geräumig, daß man es nach dem Tod des Notars nicht für nötig gehalten hatte, die Kanzleiräume zu benutzen, die sich im Erdgeschoß über einen ganzen Flügel erstreckten.

Jacques schlief allein im zweiten Stock. Er stieg langsam die Treppe hinauf, während sich seine Eltern in ihr Zimmer zurückzogen und die Tür schlossen.

Dies war seit siebzehn Jahren, obwohl man sich daran gewöhnt hatte, die schlimmste Zeit des Tages, eine gute halbe Stunde. Mathilde schloß mit einer mechanischen Bewegung die Tür ab und legte den Schlüssel auf ihren Nachttisch. Dann schälte sie sich, von Zeit zu Zeit seufzend, aus ihrem Kleid, zog sich einen verschossenen Morgenmantel über den Unterrock und setzte sich vor einen alten Mahagoni-Frisiertisch, dessen Spiegel mit blinden Flecken übersät war.

Ging ihr Mann, während sie ihr Haar für die Nacht richtete, zu seinem Unglück im Zimmer auf und ab, sagte sie kein Wort, drehte sich nur zu ihm um und beobachtete ihn mit tragischem Blick.

In der Regel legte er sich jedoch unverzüglich ins Bett. Er durfte ein Buch nehmen, aber nicht rauchen, sonst riß seine Frau ohne ein Wort die Fenster sperrangelweit auf.

Die zwei Betten waren durch ein kleines Tischchen voneinander getrennt, auf dem nur eine einzige Nachttischlampe stand. Nach ungefähr einer halben Stunde legte Mathilde sich erleichtert aufseufzend hin, drehte mit einer immer gleichen Bewegung am Lichtschalter und tauchte das Zimmer in Dunkelheit.

Das war alles! Der Tag war zu Ende! Der Rest dauerte mal länger, mal kürzer, je nachdem, wie der Tag gewesen war. Manchmal wälzte Mathilde sich eine ganze Stunde lang hin und her und stieß dabei jedesmal einen Seufzer aus. An anderen Tagen schlief sie ziemlich schnell ein. Es gab aber auch Abende, da hörte man sie nach Minuten der Stille schniefen, unter dem Kopfkissen nach ihrem Taschentuch suchen, sich in kleinen Stößen schneuzen, was darauf hindeutete, daß sie weinte.

Vernes wartete mit offenen Augen auf den Schlaf. Und endlich kam der Augenblick, da auch für ihn der Tag vorbei war.

Über das Ereignis, das vor siebzehn Jahren geschehen war, hatte die ganzen siebzehn Jahre niemand im Haus je ein Wort verloren.

Es war oben passiert, in dem Atelier, das Emmanuel Vernes bald nach seiner Heirat auf dem Dachboden hatte einrichten lassen. Dort arbeitete er, restaurierte im Auftrag von Antiquitätenhändlern aus Paris und aus der näheren Umgebung mit peinlicher Sorgfalt alte Gemälde.

Damals war gerade Frühling, und eins der Dachfenster stand offen und ließ frische Luft herein, die nach Meer roch. Geneviève war seit genau fünf Tagen auf der Welt, und ihre Mutter lag noch im Wochenbett, neben sich die Wiege.

Es war zehn Uhr morgens. Auf dem Marktplatz herrschte Hochbetrieb, und ab und zu übertönte das Muhen einer Kuh alle anderen Geräusche.

Zu jener Zeit war Vernes' Schnurrbart noch dunkelbraun und seidig glänzend, ohne ein weißes Haar, doch sein Teint war schon damals blaß, die Lippen tiefrot. Bei der Arbeit trug er einen schwarzen Samtkittel und eine Künstlerschleife.

Eben war Léopoldine zu ihm heraufgekommen, und ihre Miene war noch tragischer als an den vorangegangenen Tagen. Mit großen Schritten ging sie im Atelier auf und ab.

»Sind das deine Schwüre? Hältst du so deine Versprechungen?« fauchte sie ihn an.

Er hielt eine Palette in der linken Hand, in der rechten den Pinsel.

»Ich kann das Zimmer meiner Schwester nicht mehr betreten, ohne den Kopf abzuwenden, sonst würde sie mir meine Wut und Scham vom Gesicht ablesen...«

Damals gehörten dramatische Auftritte noch nicht zur Gewohnheit, und Vernes murmelte nur verlegen:

»Poldine!... Es ist wirklich nicht meine Schuld!... Das weißt du doch!...«

Doch die ältere der Lacroix-Schwestern lachte höhnisch.

»Wessen Schuld ist es dann?... Willst du mir etwa weismachen, daß es nicht deine Tochter ist?... Und das, nachdem du mir geschworen hast, nicht mehr...«

Das Atelier galt als sicherer Zufluchtsort, zumal es auf dem obersten Treppenstück keinen Teppich gab und mehrere Stufen knarzten.

Poldine weinte oder tat, als weine sie, und stieß ihre Vorwürfe hervor.

»Wenn ich gewußt hätte, daß du mich nie geliebt hast und mich nur zum Narren hältst...«

Wahrscheinlich hätte sich alles wieder eingerenkt. Emmanuel war recht gewandt, und Zärtlichkeit stand ihm gut zu Gesicht. Er hatte Palette und Pinsel schon weggelegt und nahm Léopoldine, die breiter gebaut war als er, in den Arm. Dabei stammelte er so etwas wie:

»Ich schwör dir, Liebes, ich hab es nicht gewollt, du bist die einzige, die ...«

Es war nichts zu hören gewesen. Dennoch drehten Poldine und er den Kopf gleichzeitig zur halboffen gebliebenen Tür. Eine ganze Weile standen sie bewegungslos da, dann ließ Emmanuel die Arme sinken.

»Komm herein«, stieß er hervor.

Es war Mathilde, die ihr Bett verlassen hatte und lautlos heraufgekommen war. Sie sah einen nach dem anderen an, mit einem Blick, in dem ein stummer Befehl gestanden haben mußte, denn Poldine ging hinaus. Und nun erklärte Mathilde ihrem Mann:

»Ab sofort verbiete ich dir, mit mir zu sprechen ... Außer vor den Leuten natürlich.«

Das war alles gewesen ...

Es war alles und doch nicht alles. Denn da war noch die Sache mit Sophie, über die allerdings nie ausdrücklich gesprochen wurde.

Mathilde hatte ein Jahr nach ihrer Heirat ihr erstes Kind geboren, den jetzt zweiundzwanzigjährigen Jacques. Poldine war nicht verheiratet und sagte immer wieder mit ruhiger Beharrlichkeit, sie werde niemals heiraten.

Vater Lacroix war gerade gestorben. Die Mutter war schon vor langer Zeit gestorben, als Poldine zwölf war.

Kaum ein Jahr nach Jacques' Geburt unternahm Poldine zwei kurze Reisen nach Paris und kehrte beim zweiten Mal in Gesellschaft eines jungen Mannes mit rotem, mit feuerrotem Haar zurück, der von Beruf Kantor war und den sie als ihren Verlobten vorstellte.

Nicht lange darauf heirateten sie, auf die schnelle, ohne Hochzeitsfeier. Den Neuen im Haus, er hieß Desborniaux, sah man kaum. Man hatte nicht einmal Zeit, sich daran zu gewöhnen, ihn Roland zu nennen, denn er wurde krank, und man beschloß, ihn zur Genesung in die Schweiz zu schicken.

Wahrscheinlich hatte jeder im Haus während der letzten siebzehn Jahre mindestens einmal am Tag an diese Vorkommnisse gedacht. Trotzdem mußte die Erinnerung daran immer vage und unzusammenhängend bleiben, denn jeder kannte nur seine eigene Rolle und wußte nichts über die der andern. Man belauerte sich gegenseitig und hütete sich, etwas preiszugeben, und das Alltagsleben nahm seinen Lauf; der kleine Jacques wuchs heran und belegte seine Mutter mit Beschlag; Emmanuel war ganz zufällig stets mit Arbeit überhäuft, und Poldine trotzte den Mietern ihrer Arbeiterhäuser und ihren Lieferanten.

Ihr seltsamer Gatte war kaum in der Schweiz, da stellte sich heraus, daß sie schwanger war, und bald wurde ein Mädchen geboren, ohne daß man Roland zurückkommen ließ.

Mathilde rechnete sofort aus, daß das Neugeborene zwei Monate vor der Hochzeit gezeugt worden war.

Das Mädchen hieß Sophie. Von Zeit zu Zeit kam

ein Brief von Roland, und Léopoldine überwies ihm jeden Monat Geld.

In diesen verworrenen Verhältnissen lebte man freudlos, wenn auch ohne Reibungen bis zu Genevièves Geburt, bis zu der Szene im Atelier.

»Ich verbiete dir ab sofort, mit mir zu sprechen...«

Nach außen hin blieb die Hausgemeinschaft intakt, und Vernes schlief im selben Zimmer wie seine Frau, nicht weit von Poldines einsamer Schlafstube.

»Bist du's?« wisperte Geneviève.

»Pst!«

»Mach kein Licht...«

Jacques tastete sich bis zum Bett vor, setzte sich, berührte das Gesicht seiner Schwester. Er spürte, wie sie eine Hand unter der Decke hervorstreckte, eine warme, feuchte Hand, und ihn am Handgelenk faßte.

»Du gehst nicht fort, nicht wahr?« sagte sie flehend. »Du läßt mich nicht allein, Jacques?«

Daß er zu ihr gekommen war, hieß nicht, daß sie schon gewonnen hatte, das wußte sie. Er schwieg. Obwohl es dunkel war, wandte er den Kopf ab, und sie bedrängte ihn weiter:

»Um wieviel Uhr solltest du dich mit ihr treffen?«

»Um Mitternacht...«

»Wo?«

»Ich soll ein Steinchen an ihren Fensterladen werfen... Dann kommt sie herunter... ihr Koffer steht schon bereit...«

»Und dann?«

»Ein Freund borgt mir sein Auto... Ich brauche es nur aus der Garage zu holen...«

»Und dann, Jacques, was werdet ihr dann tun? Wohin wollt ihr fahren?«

Er antwortete nicht sofort, und ihr wurde klar, daß er es nicht wußte.

»Liebst du sie?« fuhr sie fort.

Auch darauf gab er keine Antwort.

»Glaubst du, Jacques, daß du sie genug liebst, um dein ganzes Leben mit ihr zusammenzusein?«

Er fühlte sich plötzlich ratlos. Schuld daran war Vième, ihre Stimme, ihre kleine Hand, die krampfhaft seine Faust umklammerte.

»Ist dir klar, Jacques, daß du dich für immer bindest? Und daß du mich ganz allein hier zurückläßt?«

Das junge Mädchen, das Jacques entführen wollte, war die Tochter von Notar Crispin, bei dem der junge Mann als zweiter Buchhalter arbeitete. Sie war erst siebzehn, und sie war blond und unscheinbar. Geneviève kannte sie, denn sie waren zusammen zur Erstkommunion gegangen.

»Komm näher her, Jacques, damit ich nicht so laut reden muß...«

Und er, unbehaglich:

»Ist dir nicht gut?«

»Ich weiß nicht... Ich weiß nicht, was der Arzt gesagt hat... Als Mutter dann heraufgekommen ist, hat sie mich so komisch angesehen... Hör zu, Jacques...«

»Ja, was ist?«

»Leg deinen Kopf aufs Kopfkissen... Mach dich

nicht so steif, als wolltest du gleich weglaufen ... Ich habe Angst, daß Tante Poldine uns hört ...«

»Ach die!« knurrte er, plötzlich angespannt.

»Sei still ...«

»Du kannst mich nicht zwingen, sie zu mögen, oder? Wo sie es ist, die uns das ganze Leben verpfuscht ...«

»Hör mich an, Jacques! Sei lieb ...«

»Das sagst du so leicht, aber ich bin schließlich ein Mann ... Und ich bin es leid! ... Ich habe es bis obenhin satt! Beim Essen würde ich manchmal am liebsten losbrüllen ... Du kannst das nicht verstehen? Ist das vielleicht ein Leben, wenn man sich ständig gegenseitig nachspioniert, zweideutige Sätze wechselt und sich heimtückische Blicke zuwirft? Ein Fremder, der unverhofft hereinkäme, müßte glauben, er sei in einem Irrenhaus! ... Anfangs dachte ich, daß Papa anders ist ...«

»Jacques!«

»Ich weiß, du nimmst ihn immer in Schutz, aber das ist doch gar nicht die Mühe wert! Als er vorhin weinte, habe ich mich gefragt ...«

»Still!«

»Du kannst mich nicht hindern zu sagen, was ich auf dem Herzen habe ... Ich habe mich gefragt, ob er nicht über seine eigene Feigheit geweint hat, weil er uns opfert, dich und mich ... Er opfert uns Tante Poldine und Mama ...«

»Ich flehe dich an ...«

»Wenn ich aus dem Haus gehe, habe ich das Gefühl, gar nicht zu den Menschen zu gehören, denen ich begegne ... Ich habe beinahe Angst vor den Leuten ... Ich ertappe mich dabei, wie ich sie lauernd ansehe, so wie Mama, die immer glaubt, man wolle sie betrügen ...«

»Hör doch, Jacques ... Du mußt mir zuhören! ... Ich bin krank, nicht wahr? Also habe ich gewisse Rechte ...«

»Verzeih mir ...«

»Vielleicht werde ich nie wieder aufstehen können ...«

»Viève!« sagte er, wie damals als Kind.

»Mach dir keine Sorgen ... Ich glaube, ich werde nicht mal traurig sein ... Schon lange denke ich, daß es ein Glück wäre, den ganzen Tag allein zu sein mit ...«

»Womit?«

»Mit nichts ... Mit meinen Gedanken ... Mit dem, was ich fühle und sehe ... Horch doch mal an der Tür ...«

Er ging auf Zehenspitzen zur Tür und setzte sich dann wieder auf die Bettkante.

»Hast du nichts gehört?«

»Nein ...«

»Komm ganz nah zu mir ... Ich will dir etwas sagen, nur dir allein, mit den anderen kann ich nicht darüber sprechen ... Ich wage ja kaum daran zu denken! ... Versprich mir, daß du mich nicht auslachst ... Versprich mir vor allem, niemandem etwas davon zu sagen, niemals ...«

»Ich schwöre ...«

»Nein, dein Versprechen genügt mir ... Ich frage mich, ob es nicht Gotteslästerung ist, wenn ich so darüber spreche ... Du erinnerst dich doch an die Geschichte mit Sophie, damals auf der Leiter?«

Für die Kinder, die nichts von der Atelierszene wußten, war das denkwürdigste Ereignis das Drama mit der Leiter. Es war bereits neun Jahre her. Geneviève war damals acht gewesen, ihr Bruder dreizehn und Sophie etwas über elf.

Sie spielten auf dem gepflasterten Innenhof, beim alten Pferdestall. An einem der Speicherfenster lehnte eine Leiter. Wahrscheinlich hatte man Äpfel hinaufgebracht.

Es war ein Tag wie jeder andere, und nichts deutete auf ein außergewöhnliches Ereignis hin, bis Sophie den Fuß auf die unterste Leitersprosse setzte.

»Weißt du noch, Jacques? Ich sagte zu ihr, sie solle nicht hinaufsteigen. Ich weiß nicht weshalb, aber ich war sicher, daß ein Unglück geschehen würde. Sie drehte sich um und stieß mit dem Fuß nach mir, dann kletterte sie hinauf...«

»Sprich leiser...«

»Ja... Später, nicht wahr, hat sie behauptet, daß sie gefallen ist, weil ich sie mit meinem Schrei erschreckt habe...«

»Ich habe gesagt, du hättest geschrien, weil du sie fallen sahst...«

»Und eben das, Jacques, glaube ich, ist nicht wahr... Sie stand hoch oben auf der Leiter und wollte gerade durch das Speicherfenster schlüpfen, da schaute ich ohne einen bestimmten Grund auf die Pflastersteine, zwischen denen Strohhalme lagen... Und auf einmal sah ich Sophie mit dem Gesicht nach unten auf dem Boden liegen...«

»Weil sie runtergefallen war...«

»Nein, Jacques! Laß mich ausreden... Glaub mir, ich habe kein Fieber. Ich brenne schon seit langem darauf, es dir zu erzählen... Ich hob den Kopf und sah Sophie auf der Leiter, und genau in diesem Augenblick verfehlte sie die Sprosse... Erst da habe ich geschrien...«

»Du hattest eine Vorahnung... Das kommt gar nicht so selten vor...«

»Du verstehst nicht...«

»Was verstehe ich nicht?«

»Ich meine, du erklärst die Dinge auf deine Weise. Hör zu! Heute nachmittag beim Vespergottesdienst war mir plötzlich so traurig zumute, daß ich kaum die Tränen zurückhalten konnte, ich wußte nicht warum... Und dann beim Hinausgehen habe ich mich unwillkürlich zum Marienaltar umgedreht und habe gesagt...«

»Was hast du gesagt?«

»Lebwohl, meine schöne kleine Jungfrau Maria...«

»Wieso ›Lebwohl‹?«

»Ich weiß es nicht... Siehst du, und jetzt bin ich krank!... Das ist noch nicht alles, Jacques. Danach ist noch etwas passiert, und deshalb möchte ich nicht, daß du weggehst... Heute abend beim Essen...«

Ihre Hand bebte. Sie begann wieder am ganzen Leib zu zittern.

»Viève, beruhige dich bitte!«

»Dann mußt du mir aber auch glauben, Jacques, dann mußt du hierbleiben. Es ist etwas passiert, und ich will, daß du es erfährst. Ich weiß nicht, was es ist... ich weiß nur, daß wir in höchster Gefahr schwebten...

Jacques, vorhin stand der Tod hinter der Tür, ich weiß nicht für wen, für einen von uns...«

»Beruhige dich, meine kleine Viève...«

»Du glaubst mir nicht!«

»Doch, doch!«

»Hast du begriffen, Jacques?... Ich bete soviel, daß... Nein, ich darf es nicht sagen... Es wäre hochmütig von mir, eine Sünde...«

»Du betest soviel, daß... Was wolltest du sagen?«

»Nichts!... Du mußt mir glauben, wenn ich etwas sage, denn vielleicht spreche gar nicht ich selbst... Pst! Sag nichts mehr... Bleib noch einen Augenblick bei mir und halte meine Hände in den deinen... Du hast so kühle Hände...!«

Jacques weinte still im Dunkeln, ohne zu wissen warum. Ein schwacher Äthergeruch hing noch im Zimmer. Es war ganz finster, aber nach einer Weile zeichneten sich die Gegenstände gegen das Dunkel ab.

»Jacques...«

»Pst!«

»Versprich mir...«

»Still!...«

»Bleib noch einen Monat... Vierzehn Tage... Versprich mir vierzehn Tage...«

»Versprochen...«

»Und sei nett zu Vater...«

»Ich will mein Möglichstes tun...«

»Und zu Mutter... Und zu Tante Poldine...«

Er konnte es sich nicht verkneifen, spöttisch zu fragen:

»Zu Sophie vielleicht auch? Sie kommt morgen zurück...«

»Zu Sophie auch... Sie ist so unglücklich...«

»Weil sie alle Leute haßt! Und weil sie vor allem dich haßt!«

»Sie hat ja recht: ich habe *vorher* geschrien. Aber es ist trotzdem nicht meine Schuld... Ich hab nämlich gesehen...«

Wegen dieses Sturzes mußte Sophie fast ein ganzes Jahr in Gips liegen und blieb dadurch beim Lernen zurück. Obendrein hinkte sie seither und ging noch widerwilliger zur Schule, wo sie sich anders als ihre Klassenkameradinnen vorkam.

»Um wieviel Uhr kommt sie?«

»Keine Ahnung.«

»Vielleicht gehst du lieber hinauf in dein Bett... Jetzt fürchte ich mich nicht mehr: du hast mir ja versprochen...«

Nach einem kurzen Schweigen fing sie nochmals an:

»Was wird sie tun, wenn sie vergeblich auf das Steinchen am Fensterladen wartet?«

»Weiß ich nicht...«

»Du brauchst ihr nur zu sagen, daß es meinetwegen ist... daß ich eine Vorahnung hatte...«

»Ja...«, stimmte er widerwillig zu.

In diesem Augenblick hörte man auf dem Treppenabsatz ein leises Klicken, und unter der Tür wurde ein gelber Lichtstreifen sichtbar. Dann war es wieder still, aber jetzt zerteilten zwei Schatten den Lichtstreifen, die Schatten der Beine von jemandem, der lauschte.

Kaum eine halbe Minute war vergangen, als die Tür

lautlos einen Spalt aufging und Tante Poldines Stimme sagte:

»Bist du nicht allein?«

Sie knipste das Licht an. Einen Augenblick lang waren die Geschwister vom Licht so geblendet, daß sie nichts um sich herum sahen.

»Bist du denn nicht im Bett?«

Und zu Geneviève:

»Hast du ihn gerufen?«

Das war der Umgangston in diesem Haus: strenge Worte, unbarmherzige Blicke und immer irgendwelche Hintergedanken.

»Ich möchte nur wissen, wieso ihr kein Licht gemacht habt...«

»Tante...«, begann Jacques.

Er verstummte, denn hinter seiner Tante sah er eine zweite Gestalt auftauchen, die seiner Mutter.

»Was ist denn, Poldine?« fragte sie.

Man wußte nicht mehr, wer wen überwachte, wer wen verdächtigte.

»Ich habe Geflüster gehört und deine Kinder hier im Dunkeln vorgefunden.«

Emmanuel konnte dieser Aufruhr nicht entgangen sein, aber ihm war es als einzigem nicht erlaubt, nach dem Rechten zu sehen.

»Na wird's bald, mach, daß du ins Bett kommst!« sagte Mathilde in eisigem Ton. »Was hattest du schon wieder mit deiner Schwester zu tuscheln?«

»Mutter...«, begann Geneviève.

»Und du tu mir in Zukunft den Gefallen und lüge mich nicht mehr an. Als ich vorhin bei dir gewesen bin, hast du erklärt, du wolltest schlafen. Wenn du meinst, daß statt deiner Mutter lieber ein junger Mann bei dir sein sollte, wenn du krank bist...«

»Gute Nacht...«, stammelte Jacques und ging schwerfällig die Treppe hinauf, wo man ihn vor sich hin brummeln hörte.

Die Schwestern, beide schon im Nachthemd, standen an der Tür. Man hätte meinen können, daß keine als erste den Platz räumen wollte, schließlich aber murmelte Poldine:

»Jetzt wird man hoffentlich schlafen können...«

Mathilde blieb, schloß die Tür, sah ihre Tochter unbewegt an und stieß schließlich hervor:

»Hast du deiner Mutter nichts zu sagen?«

»Nein.«

»Na schön!«

Sie löschte das Licht, ging hinaus, machte die Tür hinter sich zu. Vernes lag mit offenen Augen im Bett, und sein Blick folgte seiner Frau, die ihr Kopfkissen zurechtklopfte.

Vielleicht hätte er auch gern gewußt, was los gewesen war?

Aber er sagte keinen Ton, und sie hüllte sich ebenfalls in Schweigen.

Das Licht erlosch, und Mathilde stieß einen tiefen Seufzer aus.

Nun waren alle Türen geschlossen, alle Lichter erloschen, aber die Hausbewohner, die sich verbissen in ihre Bettdecken wickelten, fanden keinen Schlaf.

Draußen torkelten ein Mann und eine Frau, die aus einer Kneipe kamen und zuviel getrunken hatten, den

Gehsteig entlang, um an der Haltestelle am Ende der Straße auf den Bus zu warten. Sie hielten sich umfaßt und lachten, denn der Mann stieß immer wieder gegen die Häusermauern und sagte jedesmal zu ihr:

»Du hast mich geschubst!«

»Du bist betrunken und schubst mich...« gab die Frau im gleichen Ton zurück.

Auch am Lacroix'schen Haus gingen sie vorbei. Der Mann stieß gegen eine Fensterbrüstung, so daß der Fensterladen klapperte, und begann von neuem:

»Siehst du, Mélie, du hast mich geschubst!«

Sie hatten keine Ahnung, daß der Schlag gegen den Fensterladen im ganzen Haus widerhallte, in dem alle mit weit offenen Augen in ihren Betten lagen.

3

Geneviève hatte ein wenig Farbe, als ihre Mutter die Bettdecke wieder über ihre bleichen Beine schlug, die dünner als die einer Zwölfjährigen waren.

»Ich habe kein Fieber, stimmt's, Doktor?« fragte sie.

»Kein bißchen, mein Kind!«

Doktor Jules, den just dieses Fehlen von Fieber mit Sorge erfüllte, gab sich betont unbekümmert und jovial.

»Und ich bin überzeugt, daß es nichts Schlimmes ist und daß du in ein paar Tagen wieder auf den Beinen bist...«

Geneviève lächelte, denn sie wußte, daß er nicht die Wahrheit sagte. Sie lächelte auch noch, als er ihr zum Abschied den Kopf tätschelte. Ihr Lächeln erstarb erst, als die Mutter und der Arzt draußen vor der Tür miteinander zu tuscheln begannen.

Das Zimmer war das kleinste im Haus, aber es war eins der wenigen mit hellen Wänden, und die Tapete war in der Art von Jouy-Leinen gemustert. Auf dem schwarzen Marmorkamin stand in einem ovalen, schwarzgoldenen Rahmen ein uraltes Porträt, das Bildnis einer Frau in einem strengen Mieder, mit straff zurückgekämmtem Haar. Ihr Hals war in einen hohen Spitzenkragen eingezwängt.

Diese Frau, die kaum fünfundzwanzig Jahre alt sein mochte, hatte ein feingeschnittenes Gesicht, viel zarter als das von Genevièves Mutter, zarter auch als das von Geneviève selbst. Im Familienalbum gab es noch ein anderes Bild von ihr, auf dem sie im Amazonenkostüm zu sehen war.

Sie war Genevièves Urgroßmutter, und das Zimmer war einmal ihres gewesen, sie war darin gestorben, sehr jung, bei der Geburt ihres ersten Kindes.

»Das wäre das beste, zu meiner und Ihrer Beruhigung«, schloß Doktor Jules, der vorgeschlagen hatte, einen Spezialisten zu Rate zu ziehen.

Er ging hinter Mathilde die Treppe hinunter. Koffer und Hut, die er in der Hand hielt, waren ihm hinderlich, und er blieb alle zwei, drei Stufen stehen, um weiterzureden.

Vor der Tür hielt ein Auto an, und ein lautes Hupen ertönte. Elise öffnete und führte einen Mann herein, einen wahren Riesen, der einen Jagdanzug trug und eine verbeulte Kappe auf dem Kopf hatte.

»Auf Wiedersehen, Doktor. Danke für Ihren Besuch.«

Es war zehn Uhr. Im Vorbeigehen warf Mathilde einen kurzen Blick auf Nicou, einen der größten Pächter der Familie.

»Meine Schwester empfängt Sie gleich ...«

»Das will ich meinen!«

Sie starrte auf die Mütze des Kerls, aber er behielt sie ungeniert auf dem Kopf. Elise kam zurück und meldete: »Madame empfängt Sie in ein paar Minuten ...«

Man bot ihm keinen Stuhl an, führte ihn nicht in eines der Zimmer, sondern ließ ihn allein in der öden kalten Diele stehen.

Als die Mutter wieder zurückkam, fragte Geneviève:

»Ist Jacques schon in die Kanzlei gegangen?«

»Aber ja, wie immer!«

»Vater ist oben?«

»Ja.«

»Wer hat vorhin geklingelt?«

»Ein Pächter. Er möchte zu deiner Tante.«

Wie alle Kranken wollte sie genau wissen, was außerhalb ihres Gesichtsfeldes vorging.

»Wann kommt der Doktor wieder?«

Mathilde machte bei Geneviève Ordnung, während sich Poldine in ihrem Zimmer mit Sorgfalt ankleidete, ihr Seidenkleid mit der goldgefaßten Kamee anlegte, als habe sie einen Besuch zu machen. So herausgeputzt, trat sie ohne Hast ins Büro, wo sie an einer Wand ein hohes Schreibpult aus dunklem Holz aufgestellt hatte, das der ehemaligen Kanzlei entstammte. Auf diesem Pult thronte ein gewichtiges Register, in das nur sie selbst dann und wann Eintragungen machte, die Spalten mit Zahlen füllte.

Bevor sie klingelte, inspizierte sie das Zimmer, schob einen Polstersessel zurück, ordnete die künstlichen Blumen, die in einer Vase standen. Dann endlich befahl sie Elise:

»Schicken Sie Nicou herauf.«

Kaum war er drinnen, da fragte Geneviève:

»Gehst du schon, Mutter?«

»Pst! Ich bin gleich wieder da...«

Den Kopf lauschend vorgestreckt, blieb Mathilde im Treppenflur stehen. Hinter der Bürotür hörte sie ihre Schwester freundlich sagen:

»Nehmen Sie bitte Platz. Wenn Ihnen die Mütze lästig ist, dürfen Sie sie dem Hausmädchen geben...«

Jeder wußte, daß es Absicht war, wenn er die Mütze aufbehielt und in schmutzigen Stiefeln erschien, während er an Feiertagen sehr proper gekleidet war. Es war kein Zufallsbesuch, sondern die vielleicht fünfzigste Runde eines zähen Ringens, das sich bereits über Jahre hinzog.

Boshaft und spöttisch saß er ohne ein Wort da und wiegte sich wie ein Bär stumm auf seinem Stuhl hin und her, und seine Augen funkelten die ältere Lacroix-Schwester dreist und unverfroren an.

»Ich habe Sie herkommen lassen...«, begann sie.

»Ach, keine Ursache. Mit dem Auto ist man gleich wieder daheim...«

»Wie Sie gesehen haben, liegt ein Feststellungsprotokoll des Gerichtsvollziehers vor...«

»Stimmt! Er hat festgestellt, daß ich die Zahlung verweigere! Ich habe aber selbst einen Gerichtsvollzieher kommen lassen, und der hat Schäden festgestellt...«

Von ihrem Bett aus bekam Geneviève nur wenig von dem Wortwechsel mit. Mathilde dagegen ließ sich keinen Satz entgehen und wußte jede Antwort schon im voraus.

Das gesamte Vermögen der Lacroix' war in Häusern und Grundstücken angelegt. Unter anderem gehörte ihnen in einem Vorort ein ganzer Straßenzug mit Arbeiterbaracken, die alle gleich aussahen und an Kasernengebäude erinnerten. Die Lacroix-Schwestern besaßen auch Bauernhöfe, und Nicou bewirtschaftete den in Chartrins, den größten und einträglichsten, für den der Pachtvertrag noch elf oder zwölf Jahre lief.

»Nur weil wir vom Land sind, hält man uns für dümmer als andere, so ist es doch!« sagte er. »Die Alten haben Sie vielleicht über den Tisch ziehen können, aber mich ...«

Es gab eine Akte Chartrins, prallvoll mit amtlichen Schriftstücken. Poldine, die alle Pachtverträge eigenhändig und mit genüßlicher Pedanterie abfaßte, hatte es fertiggebracht, in den Vertrag mit den Nicous eine Klausel hineinzuschmuggeln, nach der alle fälligen Reparaturarbeiten, einschließlich der am Dachgestühl, zu Lasten des Pächters gingen.

Das war zu der Zeit gewesen, als Nicou seinen Stolz dareinsetzte, sich selbständig zu machen. Er hatte den Vertrag sozusagen blind unterschrieben. Ein Jahr darauf hatte er Reparaturen gefordert, denn das Scheunendach war am Einstürzen.

Viele Nachmittage lang hatte sich Poldine mit dem Problem herumgeschlagen, und da sich die Verhandlungen in die Länge zogen, standen jetzt dringende Reparaturen in Höhe von mindestens sechzigtausend Francs an.

»Kennen Sie Maître Bochard?« fragte der Bauer triumphierend. »Mit dem müssen Sie sich einig werden, denn der ist jetzt mein Anwalt ...«

»In diesem Fall braucht er sich nur an meinen Notar Maître Crispin zu wenden ...«

Mathilde stand ruhig und gelassen im Treppenflur, als gehöre dies zu ihrer täglichen Arbeit. Sie wußte, daß

Nicou den Chartrins-Hof kaufen wollte und daß Poldine nicht verkaufen wollte. Sie wußte auch, daß jeder den anderen übers Ohr hauen wollte.

»Sie haben meine Unterschrift, ja, aber die haben Sie mir abgenötigt, und mein Anwalt sagt, sie ist ungültig, denn laut Gesetz...«

Léopoldine zuckte zusammen, Mathilde zuckte zusammen, und Geneviève in ihrem Bett spitzte die Ohren, denn draußen auf der Straße ertönte das vertraute Hupen von Sophies kleinem Auto.

Das junge Mädchen wunderte sich über den großen grauen Wagen vor der Haustür und parkte den ihren dahinter, klopfte artig an die Tür und fragte Elise:

»Wer ist das?«

»Ein Bauer... Monsieur Nicou...«

Sophie war so groß wie ihre Mutter, aber stämmiger. Sie hatte einen kräftigen Knochenbau, festes, dralles Fleisch und ausgeprägte Gesichtszüge. Elise hatte gerade Äpfel hereingebracht, und das junge Mädchen griff sich einen, ging die Treppe hinauf und stieß droben auf ihre lauschende Tante.

»Ist Mama da drin?«

»Pst... Sag zuerst Geneviève guten Tag, sie ist krank...«

Sophie trat ins Zimmer ihrer Cousine und lief dort so ungestüm auf und ab, daß sie buchstäblich die Luft aufwirbelte. Dabei kaute sie schmatzend ihren Apfel, von dem sie, unbekümmert um die Grimassen, die sie dabei schneiden mußte, viel zu große Stücke abbiß.

»Was fehlt dir?«

»Das weiß keiner so recht.«

»Wo tut's dir weh?«

»Mir tut gar nichts weh. Es sind die Beine.«

»Was ist denn mit deinen Beinen?«

Und Sophie, die hinkte, aber vor Gesundheit und ungebändigter Kraft strotzte, ging weiter auf und ab, verrückte die Gegenstände auf dem Tisch, nahm die Kleider weg, die auf einem Stuhl lagen, und setzte sich.

»Hast du Erfolg gehabt?« fragte Geneviève sanft.

»Hör mir auf damit! Dein Vater bildet sich ein, daß er etwas von Malerei versteht!... Bilder zusammenflicken, das kann er vielleicht... Aber sonst...«

Es ging um Sophies neuesten Spleen. Sie hatte jedes Jahr oder jedes zweite einen anderen. Zuerst hatte sie sich mit Feuereifer auf die Musik gestürzt, acht bis zehn Stunden täglich Klavier geübt und nacheinander sämtliche Klavierlehrer der Stadt gepeinigt. Irgendwann hatte sie sich dann aufs Singen verlegt, bis sie am Ende beschloß, Malerei zu studieren. Fast gewaltsam nistete sie sich im Atelier ihres Onkels ein und hantierte mit dem Ungestüm, das sie in allen Dingen an den Tag legte, monatelang mit Farben und Pinseln herum.

Jetzt kam sie gerade aus Paris zurück, wo sie in Galerien und bei Kunsthändlern einige ihrer Bilder vorgezeigt hatte. Sie war wütend.

»Die sagten mir, daß man vor vierzig Jahren so gemalt hat, und auch nur in Provinzakademien!«

Sie sprang auf, riß die Tür auf und fragte ihre Tante:

»Ist er immer noch nicht weg?«

»Still!«

Der Streit war hitziger geworden. Nicou brüllte, stolz darauf, in einem Haus wie diesem die Stimme zu erheben.

»Wenn man kein Geld hat, um die Reparaturen zu bezahlen, dann muß man eben verkaufen, das ist meine Meinung... Glauben Sie bloß nicht, daß Sie mir mit ihrem Gehabe noch imponieren können... Und wenn ich behaupte, daß Chartrins einmal mir gehören wird...«

Sophie ging achselzuckend hinein, streifte Nicou im Vorbeigehen, bot ihrer Mutter die Wange zum Kuß und sagte:

»Man hört ihn im ganzen Haus... Warum wirfst du ihn nicht hinaus?«

Auf Genevièves Nachttisch stand nur eine Schale Milch, denn der Doktor hatte sie für alle Fälle auf Diät gesetzt. Das Zimmer ging auf den Garten hinaus, und hinter den hellen Musselingardinen zeichneten sich schwarz die kahlen Äste eines Baumes ab.

Ohne sich vom Fleck zu rühren, hörte Geneviève alles, erkannte die verschiedenen Geräusche, die Schritte, die hin und her gingen, und erriet, was sie zu bedeuten hatten. Lange mußte sie auf das Klingeln von Jacques warten, der immer in Eile schien, auf seine Schritte in der Diele, das Knarren des Garderobenständers, wenn er von weitem seinen Mantel darüberwarf, und seine unvermeidliche Frage an Elise:

»Was gibt's zu essen?«

Sophie hatte beinahe eine Viertelstunde lang mit Hilfe des Dienstmädchens die Bilder und Rahmen aus ihrem Auto ausgeladen und alles in die ehemalige Kanzlei geschafft, die jetzt als Abstellraum diente.

Als es zum Mittagessen klingelte, kam Vernes die Treppe herab, und sogar sein Gang war bezeichnend für ihn, schleichend, zögernd, so daß das Geräusch seiner Schritte manchmal auszusetzen schien und man sich fragte, ob er stehengeblieben war.

Auf dem Treppenabsatz machte er halt, und Geneviève hielt den Atem an und war glücklich, als die Tür aufging und ihr Vater hereinkam, mit seiner Samtweste und seiner Künstlerschleife. Sein Haar begann schon schütter zu werden, die Spitzen seines schmalen Schnurrbarts hingen leicht nach unten.

»Wie fühlst du dich, Viève?«

Man hatte immer den Eindruck, ihn nur von der Seite zu sehen, so unscheinbar war er. Beim Sprechen huschte er über die Wörter hinweg, ohne einzelne Silben zu betonen.

»Was hat er gesagt?«

»Der Doktor? Er meint, es ist nicht schlimm...«

»Sophie ist heimgekommen, nicht wahr?«

»Sie hat nicht viel Erfolg gehabt.«

»Ach!«

Er wagte nicht, länger zu bleiben oder sich gar zu setzen. Er schaute nur kurz herein. Er fürchtete, sie würde versuchen, ihn festzuhalten, andererseits schämte er sich ein wenig, einfach so wieder zu gehen.

»Ich glaube, da kommt dein Bruder...«

Das war ein guter Vorwand. Er zog sich zurück und versprach, später wiederzukommen.

Er entfernte sich lautlos, um Jacques Platz zu machen, verschwand im Treppenhaus, während der junge Mann sich aufs Bett plumpsen ließ.

»Hast du dich mit ihr getroffen?« fragte ihn Geneviève. »Was hat sie gesagt?«

»Wir haben nicht einmal ein Wort miteinander wechseln können! Ich habe ihr durch Zeichen zu verstehen gegeben, daß wir es verschieben müssen. Die Ziege ist also wieder da, wie ich sehe.«

»Jacques!«

»Du kannst von mir nicht verlangen, daß ich Rücksicht auf sie nehme! Nimmt sie denn auf uns Rücksicht? Nur um mich zu ärgern, läßt sie den ganzen Tag ihr Auto vor der Tür stehen. Was hat er zu dir gesagt?«

»Wer?«

»Vater...«

»Das hast du doch gesehen... Er hat gar nichts gesagt... Er sieht noch finsterer aus als sonst...«

»Was geht mich das an!«

»Jacques!«

»Ich hab die Nase voll! Was hast du nur immer? Wenn er ein Mann wäre, ließe er sich nicht so schurigeln und würde vor allem uns nicht vor die Hunde gehen lassen!

Du gehst so gut wie nie aus dem Haus. Da kommt es dir zuletzt normal vor, so zu leben wie wir. Mir dagegen krampft sich jedesmal das Herz zusammen, wenn ich aus der Stadt komme und in unsere Straße einbiege.«

»Sie sitzen alle schon bei Tisch, Jacques.«

»Ist mir doch sch... egal...!«

»Vater wird es wieder ausbaden müssen!«

»Das ist mir egal. Deinetwegen bin ich noch geblieben, aber ich sage es dir gleich, lange reicht meine Geduld nicht mehr. Einmal habe ich geträumt, daß ich mit voller Wucht auf Tante Poldines Gesicht eingeschlagen habe, sie gekratzt und gebissen und ihr ...«

»Sei bloß still!«

»Schon gut! Ich frage mich nur, ob nicht irgendwann ...«

Ganz mechanisch griff er nach der Milchschale und trank einen Schluck. Genau wie Sophie war er ständig hungrig und durstig und hatte immer auf irgend etwas Appetit, und Geneviève fiel zum ersten Mal auf, daß ihr Bruder und ihre Cousine die gleichen fleischigen Lippen hatten, die gleiche knollige Nase, die gleichen vorstehenden Augen.

»Geh jetzt hinunter, Jacques! Es wird wieder eine Szene geben ...«

Schulterzuckend ging er hinaus, drehte sich aber noch einmal um und fragte:

»Soll ich dir nicht etwas zu essen heraufbringen?«

»Nein danke. Ich hab keinen Hunger.«

Sie hörte, wie er ins Eßzimmer trat, seinen Stuhl zurückschob, gegen einen Teller oder eine Schüssel stieß. Dann endlich kehrte um sie herum Stille ein, das Zimmer schien heller zu werden, die Luft seltsam klar und rein. Sie kuschelte die Schultern tiefer in die Wärme der Kopfkissen und sprach mit bebenden Lippen:

»Gegrüßet seist du, Maria, voll der Gnade ...«

Ihr Blick schweifte eine Weile über die geblümte Tapete und blieb dann unwillkürlich an dem schwarzgolden gerahmten Bild hängen.

»Du bist gebenedeit unter den Weibern, und Jesus ...«

Sie gab damit nur ihrem Glücksgefühl Ausdruck, allein hier in ihrem Zimmer sein zu dürfen, anstatt drunten im Eßzimmer bei den anderen zu sitzen.

»... jetzt und in der Stunde unseres Todes, amen ...«

Die Frau auf dem Bild war in diesem Zimmer, in diesem Bett gestorben. Und ganz gewiß würde auch sie, Geneviève, hier sterben. Vielleicht schon bald?

»... jetzt und in der Stunde unseres Todes ...«

Und später einmal würde vielleicht wieder ein anderes Mädchen an ihrer Stelle sein, ein Mädchen, das beim Beten auf dieses Bildnis blickte.

»... voll der Gnade ... bitte für uns arme Sünder ...«

Die letzten Worte wiederholte sie:

»... für uns arme Sünder ...«

Und das Wunder geschah. Ihr Körper wurde leicht, so leicht wie ihr Geist. Die Bilder vor ihren Augen verwischten sich, aber nur gerade so, daß die junge Frau auf dem Bild der Jungfrau Maria in der Kirche ähnlich wurde und ihr Gesicht sich mit Leben erfüllte.

»... voll der Gnade ...«

Es fehlte nur noch ganz wenig, noch eine kleine Anstrengung, dann hatte sie es geschafft ... Was, das wußte sie selbst nicht ... etwas Endgültiges, Übermenschliches ...

»... jetzt und in der Stunde unseres Todes ...«

Die Augen brannten ihr. Die Hände, die so weiß wie die einer Toten waren, hatte sie auf der Bettdecke gefaltet.

Plötzlich spannte sich ihr ganzer Körper an, sie blickte erschrocken zur Tür, öffnete die Lippen. Sie hatte nichts gehört, aber es war wie ein Schock in sie hineingefahren, genau wie letzten Abend im Eßzimmer, als sie geschrien hatte, oder wie damals, als sie den Schrei ausgestoßen hatte, noch bevor ihre Cousine von der Leiter gefallen war.

Die Tür blieb geschlossen, doch Genevièves Anspannung löste sich nicht. Nach Atem ringend lag sie da und wartete. Endlich bewegte sich der porzellanene Türknauf. Sie erkannte ein Gesicht, einen Schnurrbart, verängstigte Augen, und flüsterte erleichtert:

»Du bist es!«

Sie schloß die Augen, schlug sie wieder auf und sah ihren Vater am Bett sitzen, der sie sehnsüchtig ansah, sich aber sofort abwandte, als sie die Lider öffnete.

»Vater ...«, stammelte sie.

Ihre Finger tasteten auf der Bettdecke nach Vernes' Hand. Sie war verwirrt, denn ihre Angst hatte sich immer noch nicht ganz gelöst. Erneut blickte sie zur Tür, doch sie war geschlossen.

»Was hast du?« fragte sie, als sie endlich Vernes' verkrampfte Hand fand.

Da ließ sich der Vater auf das Bett fallen, vergrub das Gesicht im Kopfkissen und weinte, so wie er gestern abend in der Diele geweint hatte. Es war ein unterdrücktes, qualvolles Weinen. Man spürte, daß es ihm die Kehle zerriß, daß die Schluchzer nicht hinauswollten.

»Vater ...«

»Sei still!« flüsterte er mit einer ängstlichen Gebärde.

»So krank bin ich doch gar nicht!«

»Still!«

»Vater, ich schwöre dir, ich will nicht sterben, ich werde nicht sterben ...«

Das war zuviel für ihn. Er flehte sie an, endlich zu schweigen, ihn nicht noch mehr zu quälen.

»Du wirst sehen, Vater, alles wird wieder gut ...«

Gerade in diesem Augenblick platzte Jacques herein, der Vater fuhr in die Höhe, beschämt, erschrocken, vergeblich nach Fassung ringend.

»Was willst du?« fragte er mit abgewandtem Gesicht.

»Nichts. Ich möchte nur meiner Schwester gute Nacht sagen ...«

Die Augen des jungen Mannes blickten mißtrauisch, ohne die geringste Zuneigung zu seinem Vater. Er wartete, bis dieser hinausgegangen war, und fragte Geneviève:

»Was hat er bloß? Was ist in ihn gefahren?«

»Ich glaube, er macht sich Sorgen um mich. Er denkt, ich muß sterben ...«

Jacques gab ein zweifelndes Grunzen von sich.

»Was, meinst du, ist es sonst?«

»Das, was ich schon immer denke! Er hat irgendein Geheimnis mit unserer Tante. Vielleicht steckt Mutter auch mit drin? Auf jeden Fall ist es ein schreckliches Geheimnis, vielleicht ein Verbrechen.«

Auf der Treppe sprach Sophie mit ihrer Mutter. Ihre Stimme hörte man von weitem aus allen anderen heraus.

»Soll ich dich mit dem Auto hinfahren?«

»Nein.«

»Darf ich nicht mitkommen?«

»Nein.«

»Was hast du in dem Päckchen da?«

Bruder und Schwester sahen sich an, dann zuckte Jacques die Schultern, als wolle er sagen:

»Was willst du machen!«

Er verließ das Zimmer, ging grußlos an seiner Tante vorbei, blieb bei Elise stehen, die die kupferne Kugel am Ende des Treppengeländers blankrieb, und brummelte:

»Du hast Sorgen ...«

Kaum war ihre Mutter aus dem Haus, kannte Sophie kein Halten mehr. Eine halbe Stunde lang hämmerte sie wie wild auf dem Klavier herum, das man für sie ins Wohnzimmer gestellt hatte. Sie spielte keine Melodien, sondern klimperte drauflos, wie es ihr gefiel, und die Akkorde hallten von allen Wänden wider.

Mathilde war derweil wohl mit Nähen beschäftigt, in dem Raum, der von jeher, vermutlich schon seit Urgroßmutters Zeiten, das Nähzimmer genannt wurde. Jeder im Haus hatte seinen Platz, seinen eigenen Bereich. Nur Sophie entzog sich der allgemeinen Disziplin, sie war mal da und mal dort, wie es ihr gerade paßte, fast immer laut und zänkisch, und wenn sie gute Laune hatte, war es noch schlimmer, denn dann war sie ganz außer Rand und Band.

»Elise! ... Elise!« hörte man sie jetzt durch das ganze Haus rufen.

Elises Stimme antwortete aus dem Keller, wo sie die alten Kisten aufräumte, wie man ihr aufgetragen hatte.

Sie mußte hinaufgehen, sich die Hände waschen, die Schürze wechseln und Sophie helfen, die in ihrem Zimmer, das neben dem von Geneviève lag, die Möbel umstellen wollte.

»Paß doch auf, dumme Ziege, du zwickst mir ja die Finger ein! ... Langsamer, hab ich gesagt ... Mehr nach rechts! Dorthin! ... Jetzt hol mir eine Leiter!«

»Die ist hinten im Garten ...«

»Ja und? Geh sie holen!«

Geneviève rührte sich nicht. Ihre Mutter saß über ihre Näharbeit gebeugt und zählte die Stiche, wobei sie stumm die Lippen bewegte und bei jedem neuen Lärm zusammenzuckte.

Droben malte Emmanuel Vernes hinter seiner geschlossenen Tür ohne Leidenschaft ein angefangenes Bild weiter, das, wie seit Jahren sämtliche Bilder von ihm, die Dächer der Stadt darstellte.

Es war das Panorama, das er immer vor Augen hatte, graue Schieferdächer, hohe schlanke oder kurze dicke Schornsteine, dazu ein Kirchturm rechts und ein quadratischer Hof in der Ferne. Nur das Licht wechselte, die Reflexe, der Himmel, die Wolken.

Auf einer anderen Staffelei stand ein kleines Gemälde aus der Schule von Teniers, doch Vernes hatte schon vor beinahe zwanzig Jahren ein für allemal beschlossen, sich nur vormittags der Restauration alter Bilder zu widmen und den Nachmittag seiner eigenen Kunst vorzubehalten.

Er malte im Sitzen, mit feinen Marderhaarpinseln, ausschließlich kleinformatige Bilder. Von Zeit zu Zeit zündete er sich eine Zigarette an, die er gleich wieder ausgehen ließ, so daß der Fußboden ringsherum mit abgebrannten Streichhölzern übersät war. Er machte in seinem Atelier selbst sauber.

Da ihm das Blut leicht in die Wangen stieg, fürchtete er immer, Tuberkulose zu haben.

Sophies Gepolter drang nicht bis zu ihm hinauf, oder allenfalls als undefinierbares Geräusch, und so konnte er stundenlang ungestört seinen Gedanken nachhängen, die immer um dasselbe Thema kreisten.

Ganz hinten im Atelier lehnte seit achtzehn Jahren ein Gemälde an der Wand, und keiner hatte je gewagt, es anzurühren. Es war ein unvollendetes Porträt von Léopoldine, das sie als Dreißigjährige zeigte, stehend, die Hand auf einem mit Perlmutt eingelegten Ebenholztischchen.

Emmanuel, nicht gerade ein Meister in der Darstellung der menschlichen Gestalt, hatte dieses überlebensgroße Porträt in der Manier jener Bilder gefertigt, wie man sie Schüler nach einer Gipsfigur malen läßt. Léopoldine wirkte darauf starr und bleich wie eine antike Statue, und das allzu zarte Rosa des Kleids verstärkte diesen Eindruck noch.

Nur ein einziges Detail des Bildes schien wirklich zu leben, die flach auf dem Tisch liegende Hand, eine überproportionierte, monströse Hand mit einem unglaublich breiten Daumen.

Das Gepolter kam näher, und schon stand Sophie, begleitet von Elise, vor der Tür und begehrte Einlaß.

»Da hast du deine Rahmen zurück ... Ich brauche sie nicht mehr ...«

Dem Dienstmädchen befahl sie:

»Stell das Zeug irgendwohin ...«

Sie pflanzte sich vor dem Bild auf, an dem der Onkel gerade malte, und zuckte verächtlich die Schultern.

Als sie wieder hinunterging, schloß Mathilde ihre Tür, die sie einen Spaltbreit geöffnet hatte, um zu lauschen, öffnete sie dann gleich wieder, denn Elise war noch oben, und schloß sie endgültig, als Emmanuel wieder ganz allein in seinem Atelier war.

»Langweilst du dich nicht?« fragte Sophie ihre Cousine.

»Nein. Und du?«

»Ich möchte wissen, was meine Mutter in Le Havre vorhat. Sie wollte nicht, daß ich sie im Auto hinfahre. Was ist denn in letzter Zeit wieder losgewesen?«

»Weiß ich nicht.«

»Tu nicht so geheimnisvoll! Ich bin doch nicht von gestern. Deine Mutter hat ihr schiefes Lächeln und hält den Kopf schräg, das sagt alles. Und dein Vater erst ... Ißt du die Birne dort nicht?«

Sie nahm sie sich, kaute mit vollen Backen, warf einen Blick aus dem Fenster und ging schließlich seufzend hinaus.

»Was für eine Familie!«

Es dunkelte. Geneviève konnte den Schalter nicht erreichen, und niemand kam auf die Idee, bei ihr Licht zu machen. Auch droben im Atelier verging mindestens eine Viertelstunde, bevor es Emmanuel einfiel, seine Lampe anzuschalten. Mathilde saß jetzt an der Nähmaschine, und man hörte den Parkettboden mitschwingen.

Poldine dagegen hatte sich in die anonyme Außenwelt hinausgewagt. Sie war mit dem Zug gefahren. Die Leute in ihrem Abteil plauderten und rauchten. Ein Bauer mit verschmitzten Augen hatte sie immer wieder verstohlen gemustert und seinen Nachbarn mit dem Ellenbogen angestoßen. Doch der wie ein Fels in ihrer Ecke sitzenden Poldine konnte das nichts anhaben.

Sie war durch Straßen gegangen, in denen ein feiner Nebel trieb, der vom Meer herkam, und war in eine leere Apotheke getreten, wo sie sich geheimnisvoll zum Apotheker hinüberbeugte.

Jetzt saß sie in einer Konditorei und wartete auf den Tee, den sie bestellt hatte. Die Bedienung hatte Gebäck vor sie hingestellt, aber sie würdigte es keines Blicks. Das elektrische Licht in der Teestube war eingeschaltet. Die Wände ringsherum waren mit Spiegeln verkleidet. Eine junge Mutter wischte ihrem Kind den Mund ab. Vor dem Schaufenster gingen Leute vorbei. Eine Straßenbahn bimmelte.

Nichts von alledem drang zu Léopoldine, die stundenlang so unbewegt und in sich gekehrt hätte dasitzen können.

»Kommen Sie in einer guten Stunde wieder!« hatte der Apotheker gesagt.

Ab und zu sah sie auf ihre Armbanduhr. Nach genau einer Stunde kramte sie ein paar Münzen aus ihrer Handtasche, bezahlte ihren Tee und verließ ohne einen Blick zurück das Café. Dann ging sie mit gleichmäßigen Schritten die Häuserwände entlang und drückte schließlich die Türklinke der Apotheke hinunter.

Der Apotheker war nicht da, nur eine Helferin in weißem Kittel. Doch sie wußte wohl Bescheid, denn sie sagte: »Kommen Sie bitte mit ...«

Sie führte Léopoldine in ein winziges Labor, in dem es als einzige Sitzgelegenheit einen hochbeinigen Hokker gab. Der Apotheker, der ungepflegt wirkte und Fettspuren im Bart hatte, schloß die Tür.

»Da Sie mich gebeten haben, diese Suppe zu analysieren, nehme ich an, daß Sie einen Verdacht haben.«

Poldine wies ihn ruhig in die Schranken.

»Haben Sie das Ergebnis der Untersuchung?«

»Ja, ich habe Spuren von Arsen gefunden ... aber daß Sie mich nicht falsch verstehen ... Spuren habe ich gesagt, weiter nichts ... Verstehen Sie: Ganz geringe Spuren!«

»Genug, um jemand zu vergiften?« fragte sie ungerührt weiter.

»Nie im Leben! Dazu ist die Menge viel zu gering! Ja ich glaube, daß jemand, der von der Suppe gegessen hätte, überhaupt nichts merken würde. Ein leichtes Unwohlsein vielleicht ... Aber nicht einmal das ist sicher! Über längere Zeit hinweg natürlich ...«

»Sie meinen, wenn man jeden Tag vergiftete Suppe ißt ...«

»So etwas ist vor etwa zehn Jahren in Falaise passiert. Da hat eine Frau mehr als sechs Monate gebraucht, um ihren Mann umzubringen ...«

»Was bin ich Ihnen schuldig?«

»Darf ich fragen, ob Sie die Absicht haben ...«

»Was bin ich Ihnen schuldig?« wiederholte sie und öffnete ihre Handtasche.

»Zwanzig Francs. Es ist eine etwas heikle Angelegenheit, und ...«

»Bittesehr, Monsieur! Danke.«

Sie saß eine halbe Stunde lang im Wartesaal zweiter Klasse. Dann stieg sie in den Zug, ohne sich eine Zeitung gekauft zu haben, und starrte während der ganzen Fahrt vor sich hin.

Es war bereits fünf vor sieben, als sie wieder zu Hause war, aber sie brauchte nicht länger als fünf Minuten zum Umziehen. Als es zum Essen klingelte, ging sie sofort hinunter, vergewisserte sich, daß alle an ihrem Platz saßen.

Vernes machte einen leidenden Eindruck. Jacques blickte starr auf seinen Teller. Sophie knabberte bereits an einem Stück Brot.

Mit derselben Gebärde wie immer tunkte Poldine den silbernen Schöpflöffel in die Terrine, füllte jedem den Teller, außer sich selbst.

»Der Arzt hat mir geraten, keine Suppe mehr zu essen«, sagte sie und beobachtete dabei ihren Schwager.

Emmanuel hob ruckartig den Kopf. Genauso ruckartig wandte Mathilde den Blick zu ihm, dann zu ihrer Schwester.

Sophie fragte mit vollem Mund:

»Hast du Angst, zu dick zu werden?«

Jacques dagegen sprang auf, schleuderte seine Serviette auf den Stuhl und stieß hervor:

»Verdammt noch mal! Fängt das schon wieder an!«

Er wandte sich zur Tür und lief wütend und verzweifelt zu seiner Schwester hinauf.

ZWEITER TEIL

I

Vier Tage waren vergangen, seit Geneviève das Bett hütete, und schon seit achtundvierzig Stunden hatte man Mathilde ansehen können, daß ihr nicht wohl in ihrer Haut war.

Gegen elf Uhr vormittags verließ sie das Zimmer ihrer Tochter, als habe sie vor, gleich wieder zurückzukommen. Sie ging in ihr eigenes Zimmer hinüber, wo sie Elise beim Bettenmachen antraf. Es gab kaum jemand Einfältigeren als Elise, doch heute hatte Mathilde das Gefühl, als sähe das Mädchen sie irgendwie hintergründig an. Ein Strahl der Sonne, die sich seit Tagen nicht gezeigt hatte, fiel schräg ins Zimmer und beleuchtete die Millionen Staubkörnchen, die aus den aufgeschüttelten Federbetten emporwirbelten.

»Was ist? Worauf warten Sie?«

Denn Elise hatte in ihrer Arbeit innegehalten.

»Nichts, Madame.«

Mathilde zögerte noch ein wenig. Sie trat ans offene Fenster und sah hinaus auf den gepflasterten Hof, in dessen Mitte aus dem Viereck dunkler Erde der Stamm des großen, kahlen Kastanienbaums aufragte, auf das steile Stalldach, die rote Ziegelwand der Scheune mit der Zugwinde über dem Tor.

Endlich entschloß sie sich, verließ das Zimmer und ging über den Flur ins Büro ihrer Schwester.

Es war leer. Und da es leer war ...

Angefangen hatte es mit Jacques' Ausbruch vorgestern abend beim Essen, als er wie ein Erstickender aufgesprungen und schimpfend aus dem Zimmer gelaufen war.

»Verdammt noch mal! Fängt das schon wieder an ...«

Seine Schwester, zu der er hinaufgegangen war, hatte kaum etwas aus ihm herauskriegen können.

Trotzig vor sich hinstarrend, stieß er mit vor Wut verzerrtem Mund hervor:

»Und ich sag dir, ich hab die Nase voll! Gestrichen voll, hörst du?«

»Was ist denn jetzt schon wieder passiert, Jacques?«

»Was weiß ich? Weiß es überhaupt irgend jemand? Wie soll man denn noch schlau werden aus dieser Geheimniskrämerei, aus den Anspielungen und zweideutigen Mienen, mit denen sie durchs Haus schleichen? Ich hab es wirklich satt!«

»Jacques!«

Er wußte nicht, daß man ihn drunten hören konnte. Natürlich verstand man nicht, was er sagte, aber man bekam mit, wie erregt und gehässig seine Worte klangen.

»Und du mußt natürlich gerade jetzt krank werden, so daß ich mich nicht mal davonmachen kann, ohne daß man mich für einen Unmenschen hält! Ich wette, wenn irgend etwas mit dir wäre, würde man die Schuld mir in die Schuhe schieben ...«

Poldine wagte als einzige, unverhohlen zur Decke hinaufzublicken, die unter Jacques Schritten erbebte.

Das Schweigen am Tisch zog sich in die Länge, und als Poldine endlich etwas sagte, tat sie es in ganz neutralem, beinahe zu mildem Ton. »Läßt du ihm das durchgehen?« fragte sie ihre jüngere Schwester.

Mathilde senkte den Kopf. Elise trug derweil die Pellkartoffeln auf, und dann waren alle damit beschäftigt, sie mit der Messerspitze zu schälen, und verbrannten sich dabei die Finger.

»Es kommt hoffentlich nicht nochmals vor«, ließ sich Poldines Stimme wieder vernehmen, gerade als man es am wenigsten erwartete. »Und ich möchte doch glauben, daß du ihn dazu bringst, sich bei uns zu entschuldigen ...«

Mathilde, die noch bleicher geworden war, straffte sich, sah ihrer Schwester in die Augen und stieß hervor:

»Das geht nur mich etwas an.«

Und während sich Jacques droben allmählich beruhigte, wurde im Eßzimmer immer lauter diskutiert, so daß Geneviève ihrem Bruder zuflüsterte:

»Pst! Horch doch mal ...«

Jetzt mischte sich auch Sophie ein. Sie mußte aufgestanden sein und ebenfalls im Zimmer auf und ab gehen, denn ihre Stimme kam bald aus dieser, bald aus jener Richtung.

Die Nerven waren wohl allzu lange angespannt gewesen, und nun kam der jähe Ausbruch, ein wüster, hemmungsloser Streit. Mathilde schlug zurück.

»Ich behaupte ja nicht, daß Jacques gut erzogen ist, aber mit Sophie kann er noch längst mithalten ...«

Emmanuel stocherte in seinem Essen herum. Jacques hatte mit hämischem Gesicht oben an der Treppe Posten bezogen, um besser zu hören. Elise aß an einer Ecke des Küchentischs und zuckte bei jedem neuen Ausbruch zusammen, als schwebe sie in höchster Gefahr.

»Du hast uns lange genug tyrannisiert...«

»Ich halte dich gewiß nicht hier fest...«

So tief war man noch nie gesunken. Man holte weit in die Vergangenheit aus, wühlte in bösen Erinnerungen, und es hagelte häßliche Vorwürfe, die einen üblen Nachgeschmack hinterließen.

Emmanuel ging als erster hinauf und legte sich schlafen.

Aschfahl und immer noch zitternd, öffnete Mathilde die Tür ihrer Tochter einen Spaltbreit und fuhr Jacques an:

»Geh sofort in dein Zimmer... Nichts! Kein Wort mehr... Gute Nacht, Geneviève...«

Sophie kam ihrer Cousine nicht gute Nacht sagen, lärmte aber bis elf in ihrem Zimmer herum.

Am nächsten Tag herrschte im ganzen Haus Katerstimmung. Die Mahlzeiten verliefen schweigend. Nur Poldine und Mathilde wechselten demonstrativ ein paar Sätze.

Alles war grau und trüb. Alles war häßlich, von einer tristen Häßlichkeit, und der Besuch des Spezialisten, den Doktor Jules aus Paris hatte kommen lassen, brachte die Dinge auch nicht wieder ins Lot.

Er war ein Mann um die Fünfzig, der keine Zeit mit Höflichkeitsfloskeln vergeudete und sich nicht die Mühe machte, auf überflüssige Fragen zu antworten.

Gleich unten in der Diele wetterte er:

»Das Haus wird natürlich nie gelüftet! Es riecht muffig hier!«

Und mit einem nicht gerade freundlichen Blick auf Poldine und ihre Schwester fragte er:

»Wo ist das junge Mädchen?«

Unwillig sah er sich im ganzen Zimmer um, und erst als er knurrte: »Kann man sich hier vielleicht irgendwo die Hände waschen?«, begriff man, wonach er suchte.

Mathilde beeilte sich, eine Tür zu öffnen, hinter der in einer Nische ein Tisch mit einem geblümten Steingutkrug und einer Waschschüssel stand.

»Ich bringe Ihnen ein frisches Handtuch...«

»Ja, bitte! Sie sollten sich aber besser eine Wasserleitung zulegen...«

Er war groß und kräftig, und gegen seine Körperfülle wirkte die Nische winzig klein.

»Sie glauben doch nicht im Ernst, daß man sich da drinnen waschen kann?«

Derart widerwärtig führte er sich bis zum Schluß auf, während der alte Doktor Jules hinter seinem Rücken mit Gebärden zu erklären suchte, daß es sich um seinen Schwiegersohn handle und man sich nichts daraus machen solle.

»Ziehen Sie sie aus.«

»Aber Herr Doktor...«

»Sie sollen Sie ausziehen, habe ich gesagt. Und dann hinaus mit Ihnen!«

»Aber...«

Mathilde und Poldine blieb nichts anderes übrig, als das Zimmer zu verlassen und draußen im Flur zu warten. Die Untersuchung dauerte beinahe zwei Stunden. Es war nichts zu hören, nur hin und wieder eine Stimme, die sagte:

»Tut das weh?« oder »Husten Sie!... Stärker! So ist's gut! Jetzt tief atmen... Stehen Sie auf... Nur keine Angst. Aufstehen, habe ich gesagt!«

Man mußte hinuntergehen und Sophie, die auf dem Klavier herumhämmerte, um Ruhe bitten.

Endlich öffnete der Arzt die Tür und fragte:

»Wo kann ich schreiben?«

»Hier, Herr Professor«, sagte Poldine dienstbeflissen und öffnete ihr Büro.

Auch dort sah er sich um wie ein Taxator, mißbilligend und angewidert.

»Sie trinken doch ein Gläschen, nicht wahr?«

»Nein!«

Er schrieb. Mit kräftiger kleiner Handschrift füllte er drei ganze Seiten, ließ die Blätter auf dem hohen schwarzen Schreibpult liegen und wandte sich zur Tür. Er war fertig.

»Was bin ich schuldig, Doktor?«

»Zweitausend Francs.«

Man atmete erst wieder auf, als er endlich draußen war. Er hatte sich nicht geäußert, sich weder zuversichtlich noch besorgt gezeigt. Er hatte lediglich eine strenge Diät verordnet, komplizierte, sich über fast den ganzen Tag erstreckende Pflegemaßnahmen.

Léopoldine und ihre Schwester hatten immer noch kein Wort miteinander gewechselt. Anstatt die Erinnerung an die gestrige Szene auszulöschen, hatte der Besuch des Arztes die Atmosphäre noch mehr vergiftet.

»Was hat er zu dir gesagt?« wollte Mathilde von ihrer Tochter wissen.

»Nichts, Mutter... Nur, daß er mich weiter beobachten will und daß ich genau aufschreiben soll, was ich empfinde...«

An diesem Abend hörte Vernes seine Frau länger schniefen als sonst. Er wußte nicht, daß sie gerade eben bei Jacques gewesen war, der sie mit einem lieblosen Blick empfangen hatte.

»Du kannst dir sicher denken, weshalb ich gekommen bin, nicht wahr?« hatte sie ihn leise gefragt und dabei, wie ihm sofort auffiel, den Kopf gesenkt.

»Nein, Mutter.«

»Du kannst doch nicht einfach so davonlaufen, wie du es gestern abend beim Essen gemacht hast! Deine Tante verlangt, daß du dich entschuldigst. Ich wollte dich bitten...«

»Ich entschuldige mich nicht.«

»Jacques! Wenn ich dich darum bitte...«

»Du oder sonst jemand, ich entschuldige mich nicht, fertig, aus!«

Er sah voraus, daß sie weinen würde, und setzte rasch hinzu:

»Und wenn du vor mir auf die Knie fällst!«

Damit trat er ans Fenster und öffnete es.

So war der Stand der Dinge. Das hatte Mathilde jedoch nicht davon abgehalten, sich wie eine geduldige und liebevolle Krankenpflegerin den ganzen Vormittag um Geneviève zu kümmern.

»Hast du auch keine Schmerzen?«

»Nein, Mutter ...«

»Bist du ganz sicher, daß du nicht laufen kannst? Hast du es probiert?«

»Es hat keinen Zweck, Mutter! Ich werde nie wieder laufen, das spüre ich. Der Professor denkt dasselbe, ich habe es ihm angesehen ...«

Die Mutter hatte ihr ein frisches Nachthemd übergezogen, das Fenster für ein paar Minuten geöffnet, um zu lüften.

»Langweilst du dich nicht? Möchtest du vielleicht etwas zu lesen?«

»Nein, Mutter ...«

Der Auslöser war wirklich Jacques' Benehmen gewesen, sein lautstarker Abgang, während all die anderen kleinen Vorfälle lediglich Kettenglieder waren.

Niemand wußte, was Mathilde durch den Kopf ging, als sie von ihrem Fenster aus über den Hof blickte, während Elise die Federbetten aufschüttelte, die die Form von Ungeheuern annahmen.

Jedenfalls trug Mathilde ihre Leichenbittermiene zur Schau und ging mit nach links geneigtem Kopf und vor der Brust verschränkten Armen umher.

Als sie die Tür zum Büro aufstieß, sah sie sofort, daß niemand da war, und ihr schien, als sei das Feuer ausgegangen, weil nicht nachgelegt worden war, was höchst selten vorkam.

Sie hätte wie immer fragen können:

»Bist du da, Poldine?«

Wenn sie es nicht tat, so war das nicht unbedingt ein Zufall. Ja, sie war zu einer versöhnlichen Geste entschlossen, ohne sich allerdings unterwürfig oder zerknirscht zu zeigen. Sie hatte nachts im Bett darüber nachgedacht und sich auch schon zurechtgelegt, was sie sagen wollte:

»Ich habe mit Jacques gesprochen...«

Und ihre Schwester würde keine Antwort geben, um ihr nur ja nicht entgegenzukommen. Sie würde eiskalt abwarten.

»Du weißt doch, wie die jungen Leute sind... Es tut ihm leid, daß er es getan hat, aber vor dir will er es nicht zugeben... Bitte denk nicht mehr daran...«

Damit wäre die Sache erledigt. Außenstehenden mußte das Ganze unverständlich erscheinen. Poldine jedoch würde verstehen. Poldine wartete geradezu darauf und war gewiß genauso angespannt wie ihre Schwester.

Mathilde trug im Haus nie Schuhe mit Ledersohlen. Nur deshalb war es damals zu der Szene im Atelier gekommen, denn so hatte sie trotz der offenen Tür und des fehlenden Teppichläufers bis zur obersten Stufe schleichen können, ohne gehört zu werden.

Jetzt legte sie die vier Meter zurück, die sie noch vom Zimmer ihrer Schwester trennten, blieb dann doch zögernd vor der Tür stehen, die Hand schon auf dem Porzellanknauf.

Endlich drehte sie daran und stieß die Tür auf. Poldine, die mit dem Rücken zu ihr am Kamin stand, fuhr so erschrocken herum, daß sie den Glasgegenstand, den sie in der Hand hielt, fallenließ, und er auf dem Parkettboden zersplitterte.

»Was willst du hier?« schrie sie ihre Schwester an.

»Entschuldige bitte... Ich wollte dir nur sagen...«

Aber sie war genauso erschrocken wie Poldine und brachte kein Wort mehr heraus. Poldine hatte sich gebückt, und Mathilde wollte sich ebenfalls bücken, die Glassplitter aufsammeln.

»Laß das!«

»Ich wußte wirklich nicht...«

Vor allem wußte sie nicht mehr, was sie sagen sollte. Als ihre Schwester sich umdrehte, hatte sie gerade noch sehen können, was sie in der Hand hielt: ein Reagenzglas, wie sie es aus dem Chemieunterricht in der Schule kannte.

Das Reagenzglas war nicht leer gewesen. Mathilde war sich ganz sicher, daß eine transparente, gelbliche Flüssigkeit darin gewesen war.

Auf dem weißen Marmorkamin im Louis-XVI-Stil standen mehrere kleine Fläschchen und gleich daneben der Brenner für das Haareisen, dessen Spiritusflamme einen faden Geruch verströmte.

»Was machst du da?«

Poldine konnte ihre Wut nicht länger bezähmen und brüllte:

»Und du, was hast du hier zu suchen, hm? Was wolltest du wieder ausspionieren?«

»Poldine, glaub mir... Ich wußte ja nicht...«

»Was wußtest du nicht?«

Auf eine solche Situation war Mathilde nicht vorbereitet. Sie trat den Rückzug an, und als sie über die Schwelle war, knallte Poldine die Tür hinter ihr zu und drehte den Schlüssel herum.

Dies war das jüngste Ereignis, das sich an einem der seltenen sonnigen Vormittage abgespielt hatte, zu der

Zeit, wo das Haus geputzt wurde und man sich mit Bosheiten gewöhnlich verschonte.

Poldine hatte also ein Reagenzglas und Fläschchen in ihrem Zimmer! Und als sie damit ertappt wurde, erschrak sie so sehr, daß ihr eins davon aus der Hand fiel!

Mathilde kehrte in ihr Zimmer zurück und schickte Elise fort.

»Lassen Sie nur ... Ich mache das selber fertig ...«

Das Fenster stand immer noch offen. Der kahle Hof war mit rostbraunen Kastanienblättern gesprenkelt.

Mathilde hatte blaue Augen, die, wenn sie nachdenklich blickten, ins Grau spielten.

Beim Mittagessen waren ihre Augen grauer denn je, während Poldine scheinbar unbekümmert mit ihrer Tochter plauderte. Emmanuel war so fahrig, daß man sich fragte, was er droben den ganzen Tag machte, denn zum Malen war er in diesem Zustand bestimmt nicht fähig.

Was Jacques' Verhalten betraf, das war inzwischen offen feindselig. An den Mahlzeiten nahm er zwar noch teil, doch er ließ sich auf seinen Stuhl plumpsen, rutschte damit hin und her, aß mit aufgestützten Ellenbogen, gleichgültig für alles, was um ihn herum vorging.

Betrachtete er sich schon nicht mehr als Mitglied der Familiengemeinschaft? Eine Zeitlang würde er noch bleiben, weil seine Schwester krank war und ihn so inständig darum gebeten hatte, vielleicht auch, weil ihm nach der langen Warterei die Entscheidung schwerer fiel.

Schon zweimal hatte seine Cousine ihn zu reizen

versucht, aber er gab keine Antwort, sah sie nur an, als wolle er sagen:

»Wie du willst ... Ist mir doch egal ... Mach nur so weiter, dann gibt's wieder Krach ...«

Am Nachmittag machte Poldine Einkäufe in der Stadt und wollte sich auch diesmal nicht von ihrer Tochter im Auto hinfahren lassen.

»Sie will wahrscheinlich ein neues Reagenzglas kaufen ...«, dachte Mathilde.

Da Poldine nicht da war, hatte sie ein paar ruhige Stunden, die schon zu einem guten Teil mit der Versorgung der kranken Geneviève ausgefüllt waren. Sophie war ausnahmsweise einmal nicht allzu laut. Sie saß kaum eine Viertelstunde am Klavier. Danach schrieb sie im Büro ihrer Mutter an eine Freundin im Berry und stattete schließlich ihrer Cousine einen Besuch ab.

»Du bist ja noch gut dran! Zwar mußt du das Bett hüten, aber deine Beine liegen wenigstens nicht in Gips wie damals bei mir ... Willst du nichts zu lesen?«

»Nein ...«

»Ach, da fällt mir ein, ich habe ja meinen Fortsetzungsroman noch gar nicht ausgeschnitten ...«

Man hatte nur eine einzige Zeitung abonniert, ein Lokalblatt, denn Poldine interessierte sich nur für die Marktberichte, für die Notierungen der Agrarerzeugnisse, für die Pachtpreise, Land- und Immobilienverkäufe.

Der Zeitungsbote steckte sie jeden Morgen gegen acht in den Briefkasten. Vom Eßzimmer aus hörte man, wie sie hineinplumpste und wie der Deckel wieder zuklappte.

Ohne bestimmten Grund, ganz einfach, weil man es schon immer so gehalten hatte, durfte Vernes sich die Zeitung als erster nehmen, sobald er mit dem Frühstück fertig war. Er trug sie aber nicht zu sich hinauf, sondern blieb damit in der Diele stehen, überflog die erste Seite, las die Schlagzeilen und warf einen Blick auf die letzten Meldungen.

Dann legte er die Zeitung auf das Küchenbuffet neben die Obstschale aus Kristallglas. Sie stand jetzt allen zur Verfügung, wurde aber von niemandem aufgeschlagen.

Erst um halb zwei, nach dem Mittagessen, nahm Poldine sie in Besitz und ging damit in ihr Büro hinauf.

Irgendwann am Nachmittag, meistens um die Zeit herum, wenn die Lampen angeschaltet wurden, las sie die Nachrichten, die sie interessierten. Anhand der Preistabellen hatte sie eine genaue Untersuchung darüber begonnen, was die Lacroix-Höfe ihrem Pächter jeweils einbrachten. Soundsoviel Butter zu soundsoviel... Soundsoviele Eier... Soundsoviel von diesem und soundsoviel von jenem... Soundsoviel mußten sie für Viehfutter ausgeben... Es gab ein ganzes Notizbuch eigens für diese Statistiken!

Auch danach hatte das Lokalblättchen noch nicht ausgedient. Denn es wurde auf ein Tischchen zwischen den zwei Fenstern mit weinroten Samtvorhängen gelegt, wo bereits etliche Nummern aufgestapelt waren. Wie viele, das kam ganz auf Sophies Laune an, denn sie holte sich, wenn sie Lust dazu hatte, den ganzen Stoß und schnitt den Fortsetzungsroman aus, den sie zusammenheftete, sobald die letzte Folge erschienen war.

Erst jetzt wanderte die zerschnipselte Zeitung wieder in die Küche hinunter, wo sie links neben dem Herd darauf wartete, frühmorgens zum Feuermachen benutzt zu werden.

An diesem Nachmittag nun, während das Leben im Haus verlangsamt schien, begab sich Sophie mit einer Schere, die sie sich aus dem Nähzimmer geholt hatte, ins Büro ihrer Mutter.

Im Nähzimmer hatte sie ihre Tante beim Nähen angetroffen, mit so verkniffenem Mund wie in den allerschlimmsten Zeiten.

»Ich bring dir deine Schere gleich zurück!« rief sie ihr zu.

Sie knipste das Licht an und schnitt, Bonbons lutschend, die Romanseiten aus. Als sie damit fertig war, zählte sie die Nummern nach, die über jeder Folge links neben der Überschrift standen.

»... Sechsundsechzig ... siebenundsechzig ... neunundsechzig ... Aha! Die achtundsechzig fehlt ...«

Sie sammelte die auf dem Boden verstreuten Zeitungen auf, verglich erneut die Nummern und stellte fest, daß wirklich eine fehlte, nämlich die von vor sechs Tagen.

»Elise! ... Elise!« rief sie oben an der Treppe.

Elise kam heraufgeeilt, verstört und ängstlich wie immer, wenn Sophie sie in diesem Ton rief.

»Hast du die Zeitungen hier angerührt?«

»Nein, Mademoiselle.«

»Es fehlt aber eine ... Guck mal, ob sie nicht vielleicht im Eßzimmer ist ... Schau auch in der Küche nach ...«

Als Elise nach einer Viertelstunde immer noch nicht zurück war, ging Sophie zu ihr in die Küche hinunter, wo das Mädchen dabei war, unter sechs Monate alten Nummern zu suchen. Die Suppe stand auf dem Herd. Auf dem Tisch lag eine Papiertüte voll grüner Bohnen.

»Ich möchte bloß wissen, wer mir die Zeitung geklaut hat...«

Sie ging zu ihrer Cousine hinauf.

»Du hast sie ganz bestimmt nicht gesehen?«

Sie brachte die Schere ins Nähzimmer zurück und fragte ihre Tante.

»Es ist die vom Siebten... Wenn ich sie nicht wiederfinde, muß ich halt an die Redaktion schreiben...«

Dazu brauchte sie fast eine ganze Stunde, dann vergaß sie die Angelegenheit. Ihre Mutter kam mit kleinen Päckchen beladen zurück, schloß sich in ihr Zimmer ein, und als Sophie anklopfte, rief sie durch die Tür:

»Was willst du denn?«

»Ach, nichts. Darf ich nicht reinkommen?«

»Gleich...«

»Was machst du?«

»Nichts...«

Als Sophie sich umdrehte, stand ihre Tante hinter ihr, die alles gehört hatte.

In der Stadtbücherei, in der es einen Lesesaal mit grünen Lampenschirmen gab, hatte Poldine aus einem Buch abgeschrieben:

»Arsentrioxyd = As_2O_3 = 198«

Der Zettel steckte in ihrer Handtasche und war mit Bleistift eng beschrieben:

»Gibt man Arsenoxyd mit verdünnter Salzsäure in ein Reagenzglas und filtriert, so erhält man eine Lösung, aus der sich unter Zusatz von Schwefelwasserstoff ein gelber Belag abscheidet. Dieser löst sich in Ammoniak vollständig auf, wobei eine farblose Flüssigkeit entsteht (Antimonoxyd).«

In verschiedenen Apotheken hatte sie jeweils einige Gramm Salzsäure, Schwefelwasserstoff und Ammoniak gekauft.

Mit diesen Chemikalien hantierte sie nun ebenso ernst und ruhig, wie sie als kleines Mädchen Kochen spielte. Damals war der Briefkasten an der Tür ihr Herd gewesen, auf dem sie Miniaturgerichte zubereitete, Plätzchen aus Raspelschokolade, zerstoßenen Zuckerstangen und Mehl.

Aus dieser Zeit hatte sie die Gewohnheit beibehalten, bei kniffligen Arbeiten die Zunge über die Unterlippe zu schieben, und diese Zunge wurde jetzt auf einmal wieder spitz wie eine Kinderzunge.

Sie arbeitete nicht mehr auf dem in einen Kochherd verwandelten Briefkasten, sondern am Kamin, neben dem Christus unter Glas, den sie in die Ecke geschoben hatte; aber der Kamin war kein Kamin mehr, sondern wurde zu einem Labor, in dem die bläuliche Flamme des Brenners für das Lockeneisen flackerte.

»… durch Erhitzen wird der Prozeß beschleunigt, dabei ist allerdings zu beachten …«

»Darf ich immer noch nicht reinkommen, Mama?«

Sophie war die einzige, die Mama sagte, allerdings so unbefangen, daß das Wort aus ihrem Mund ganz anders klang.

»Laß mich in Ruhe. Ich arbeite.«

Wie ein Schulmädchen, wie ein begriffsstutziges Kind las sie ihre Notizen immer wieder durch. Mit einem Fieberthermometer versuchte sie die Temperatur der Flüssigkeit im Reagenzglas zu messen.

Auf dem Papier sah es so einfach aus. In der Wirklichkeit lief die Flüssigkeit im Reagenzglas über, als sie das Thermometer hineinsteckte, und zu allem Überfluß wollte die Quecksilbersäule nicht wieder sinken.

Keine Spur von gelbem Belag! Nicht die geringste Färbung war zu sehen, abgesehen von der Farbe der Suppe, diesmal einer Sauerampfersuppe.

Sie hätte ausführlichere Anweisungen benötigt. Vielleicht war ein besonderer Kniff dabei?

Verbissen machte sie weiter, ohne dabei die Zeit aus den Augen zu verlieren, und um halb sieben schob sie einen Stuhl vor ihren Schrank, stieg hinauf und versteckte die Fläschchen oben auf dem Möbel.

Sie hatte sich jetzt um anderes zu kümmern. Sie mußte ihre Tür aufmachen und durfte die Treppe nicht aus dem Auge lassen, bis es zum Abendessen klingelte. Es galt herauszufinden, wann Emmanuel herunterkam und ob er wieder in die Küche ging.

»Störe ich dich?«
Das war Mathilde.
»Was willst du?«
»Nichts... Jacques macht mir Sorgen...«
Ganz harmlose Worte, aber Poldine verstand. Sie wußte, was ihre Schwester quälte, was sie heute morgen zu ihr getrieben hatte. Es war ihr nicht entgangen, daß Mathilde sehr niedergeschlagen war.
Nein, niedergeschlagen war nicht der richtige Ausdruck. Es war etwas viel Schlimmeres. Mathilde konnte ohne Poldine nicht mehr richtig atmen!
Schon früher, als sie noch am Briefkasten Kochen spielten... Wenn sie sich gestritten hatten... Fast immer war Poldine schuld gewesen... Damals schliefen sie noch zusammen in einem Bett... An solchen Tagen gab Poldine der Schwester absichtlich keinen Gutenachtkuß und rückte unter den Laken so weit es ging von ihr ab. Und dann wartete sie... Manchmal dauerte es lange, denn Mathilde hatte auch ihren Stolz... Aber irgendwann war es soweit, und eine Stimme rief unter der Bettdecke hervor:
»Poldine!«
Sie gab keine Antwort, stellte sich schlafend.
»Poldine! Hörst du mich?«
»Was willst du?«
»Ich bitte dich um Verzeihung...«
»Was soll ich dir verzeihen?«
»Ich tu's nicht wieder...«
»Na gut!«
Aber sie rührte sich nicht vom Fleck! Mathilde mußte sich selbst bemühen, sich aufsetzen, sich über

ihre Schwester beugen, die ihr den Rücken zuwandte, und ihr einen Kuß geben.

»Gute Nacht...«

»Gute Nacht!«

»Darf ich mich an dich kuscheln?«

Und die fröstelnde Mathilde durfte sich endlich Rücken an Rücken zu ihrer Schwester legen...

Jetzt kuschelten sie sich nicht mehr Rücken an Rükken, aber Poldine wußte nur zu gut, was die bebenden Nasenflügel, dieser nicht zu devot sein wollende Tonfall ihrer Schwester bedeuteten.

»Jacques macht mir Sorgen...«

»Du hast ihn eben schlecht erzogen!«

Geschah ihr ganz recht! Poldine war gar nicht auf einen Waffenstillstand oder Burgfrieden erpicht. Sie wartete. Von droben war kein Laut zu hören. Und da ertönte im Erdgeschoß auch schon die Klingel neben der kupfernen Kugel am Ende des Treppengeländers, ohne daß Emmanuel sich hatte sehen lassen.

Erst jetzt öffnete er seine Tür, machte sie hinter sich wieder zu, erschien oben an der Treppe, wo er kurz stehenblieb, als wolle er etwas sagen, und setzte dann seinen Weg fort.

Er ging nicht in Richtung Küche, sondern trat ins Eßzimmer und setzte sich an seinen Platz neben Jacques, der von draußen kam und nach frischer Luft roch.

Poldine teilte wie jeden Abend stehend die Suppe aus, hielt erstaunt inne, denn Mathilde reichte ihr nicht den Teller, als sie dran war.

»Nein danke...«

»Ißt du nichts?«

»Keine Suppe ...«

Dabei sah Mathilde ihrer Schwester fest in die Augen. Jacques hob den Kopf. Fast sah es aus, als platze ihm gleich wieder der Kragen. Emmanuel hingegen zuckte nicht einmal zusammen.

»Wie du willst«, gab Poldine nach.

So saßen sie also alle beide vor ihrem leeren Teller und warteten, bis die anderen aufgegessen hatten. Sophie schlürfte die Flüssigkeit geräuschvoll in sich hinein, und ihre Mutter sah ihr dabei zu und war vermutlich nahe daran, ihr zu verbieten, die Suppe zu essen.

»Ach, da fällt mir ein ...«, begann Sophie.

Sie wischte sich den Mund ab und blickte in die Runde.

»Ich möchte wissen, wer mir eine von meinen Zeitungen geklaut hat ...«

»Was für eine Zeitung?«

In jeder anderen Familie hätte man so etwas nicht weiter wichtig genommen, Jacques aber lief vor Wut rot an, denn er fragte sich schon, zu welcher Szene diese Geschichte mit der Zeitung wieder führen würde.

»Na, unsere Zeitung eben ... Vorhin wollte ich meinen Fortsetzungsroman ausschneiden, und da fehlte die Nummer 68 ...«

Warum wandte sich Poldine sogleich zu ihrem Schwager? Warum folgte Mathilde ihrem Blick? Und warum wurde Emmanuel kreidebleich und hätte sich beinahe an seiner Suppe verschluckt?

»Sie muß irgendwo im Haus sein«, meinte Poldine.

»Woher willst du das wissen?«

»Ich werde sie schon finden! Elise, bringen Sie den zweiten Gang! Was gibt es heute?«

»Grüne Bohnen, Madame.«

»Haben Sie wenigstens die Fäden ordentlich abgezogen?«

Das sagte sie nur, um nicht stumm dazusitzen. Sie beobachtete Vernes, der ganz krank aussah, krank vor Angst, darauf hätte sie geschworen.

»Es gibt hier im Haus Leute, denen nicht wohl in ihrer Haut ist!« konnte sie sich nicht verkneifen zu bemerken.

Jacques schob drohend das Kinn vor, und sie fuhr ihn an:

»Dich meine ich nicht ...«

Und gleich darauf:

»Hat die Suppe gut geschmeckt? Du hast sie gar nicht probiert, Mathilde ...«

An diesem Abend weinte Elise in ihrer Küche, denn sie hatte Angst und wußte nicht weshalb. Schon dreimal hatte sie nach Hause geschrieben und dringend gebeten, man möge sie zurückholen, aber ihre Eltern gingen darauf überhaupt nicht ein und berichteten in ihren Briefen nur von der Kuh, von den Kaninchen und von ihrer Schwester, die bald mit der Schule fertig sein würde.

»Uns geht es allen gut und Dir hoffentlich auch. Dein Vater hat wieder die ganze Woche Seitenstechen gehabt, und Adolphe ist gekommen, um ihm ein bißchen zur Hand zu gehen ...«

Jacques ging aus, ohne um Erlaubnis zu bitten und ohne sich von Geneviève zu verabschieden, und eine Viertelstunde später spielte er wie ein ganz normaler junger Mann Billard im ›Café du Globe‹.

Geneviève hatte brav alles aufgegessen, was ihre Mutter ihr gebracht hatte. Als der Vater zum Gutenachtsagen kam, nutzte sie die kurze Zeit mit ihm allein, um ihm zuzuflüstern:

»Ich möchte so gern, daß ihr euch nicht mehr streitet!«

Er war zu beunruhigt, um ihr eine Antwort zu geben. Er setzte sich nicht einmal auf den Bettrand, wie er es sonst immer tat. Spürte er etwa, daß Mathilde auf der Treppe auf ihn wartete?

Er ging ins Schlafzimmer, legte sich ins Bett, zählte mit offenen Augen die Minuten, die halben Stunden, und als alles still war, schob er ein Bein unter der Bettdecke hervor, stand auf und nahm vorsichtig den Schlüssel von der Marmorplatte des Nachttischs.

Er wußte, daß droben die dritte und die siebte Treppenstufe knarrten. Er brauchte sie nur auszulassen.

2

Alles spielte sich wie eine einstudierte Pantomime ab, lautlos, ohne ein Wort. In Wirklichkeit war er nicht einmal überrascht. Er war gerade dabei gewesen, den Schlüssel im Schloß umzudrehen, da spürte er, daß jemand hinter ihm war. Er drehte sich nicht einmal um, er brauchte sich nicht zu vergewissern.

Er hatte seine Chance genutzt, ohne große Hoffnung, und es war schiefgegangen. Jetzt blieb ihm noch eine allerletzte Chance, die so gering war, daß er nicht an sie glaubte.

Er stieß die Tür auf und trat zur Seite, um seine Frau vorbeizulassen. Sie knipste das Licht an, runzelte die Stirn, als sie bemerkte, wie ruhig ihr Mann war.

Dann zuckte sie die Achseln und ging zielstrebig auf einen mit Papieren überhäuften Tisch zu.

»Dort muß sie sein!« schien ihre Miene zu sagen.

Währenddessen stand Vernes regungslos da und überlegte, wohin er die Zeitung gelegt haben konnte. Das war seine letzte, winzige Chance. Vor zwei, drei Tagen hatte er sie noch auf dem Sofa liegen sehen und sie weggenommen, um sie an ihren Platz zu bringen. Soweit erinnerte er sich ganz genau. Er hatte das helle Viereck bedruckten Papiers auf der spanischen Sofadecke noch deutlich vor Augen.

Aber danach? Seine Frau hatte gerade ein paar Hefte und alle möglichen Papiere beiseite geschoben, zog jetzt vergebens eine Schublade auf und wandte sich dann zu einem Regal, das ein buntes Sammelsurium von Büchern enthielt.

Emmanuel war keineswegs heiter gestimmt. Ganz unwillkürlich jedoch war ein leises Lächeln über sein Gesicht gehuscht, und dieses Lächeln verblüffte seine Frau; sie hielt es für eine Herausforderung. Deshalb war sie wütend und fest entschlossen, das ganze Atelier auf den Kopf zu stellen, um die Zeitung zu finden.

»Und wenn Elise sie einfach weggeräumt hat?« fragte sich Vernes.

Von wegen! Auch die letzte Chance war dahin. Mathilde hatte aufgehört herumzuwühlen. Sie war fündig geworden, zwischen zwei dicken Büchern. An ihrem Mann vorbei stolzierte sie zur Tür.

Einen Augenblick spielte er mit dem Gedanken, gar nicht mehr hinunterzugehen. Das wäre das einfachste gewesen. Er bräuchte nur den Schlüssel zweimal herumzudrehen, sobald seine Frau draußen auf der Treppe war. Und dann, großer Gott...

Statt dessen tapste er hinter Mathilde her die Treppe hinab, folgte ihr brav ins Schlafzimmer.

Das Haus schlief. Poldine hatte nichts gehört. Zufrieden legte sich Mathilde ins Bett und hielt die Zeitung fest wie einen Leckerbissen, den sie sich genußvoll zu Gemüte führen wollte.

Emmanuel hätte beinahe etwas gesagt, er öffnete den Mund, machte ihn wieder zu und kroch, da ihm kalt war, ins Bett. Er wartete. Seine Frau las die Überschriften auf der Titelseite und fand nichts Interessantes. Der Gedanke, er könnte sie zum Narren halten, fuhr ihr durch den Kopf, denn sie bedachte ihren Mann mit einem sonderbaren Blick und konnte nicht verstehen, weshalb er so ruhig war.

Denn Vernes war schrecklich ruhig. Er wartete. Mathilde würde mehr oder weniger lang brauchen, um den Artikel zu finden, aber finden würde sie ihn. Wenn sie ihn las, würde ihr ein Licht aufgehen. Und dann ...

Trotz alledem fiel Emmanuel zum ersten Mal auf, daß der Schirm der Schlafzimmerlampe keiner der modernen Lampenschirme für elektrisches Licht war, sondern ein uraltes, mit Perlenfransen verziertes Ding aus der Zeit der Auerlampen, das einem die Augen verdarb. Obwohl die Lampe zwei Meter vor ihm mitten im Zimmer hing, hatte er nie darauf geachtet.

Jetzt blätterte sie um. Der Artikel stand unter einer nichtssagenden Überschrift ganz klein unten in einer Spalte auf der rechten Seite. Denn der Direktor des Blatts lehnte es ab, Lokalmeldungen publikumswirksam herauszubringen. Dieser Fall war überschrieben: »Eine leidgeprüfte Familie.«

Mathilde war immer noch nicht darauf gestoßen. Sie nahm sich Spalte um Spalte vor, und Emmanuel stopfte sich das Kopfkissen in den Rücken.

Endlich! Ihr Atem ging schneller!

Eine leidgeprüfte Familie

Eine besonders schmerzliche Tragödie ereignete sich vergangene Nacht im Saint-Gervais-Viertel in Cherbourg. Mit einem Schuß in den Mund hat sich der seit über einem Jahr arbeitslose Bauarbeiter Gustave L. getötet.

Vor seinem Selbstmord erschoß Gustave L. seine fünfunddreißigjährige Frau und seine vier Kinder, von denen das jüngste erst wenige Monate alt war.

Gustave L., der nicht betrunken war, beging die Tat vermutlich aus Verzweiflung über seine Armut.

Das erste, was Mathilde empfand, war ein Gefühl der Enttäuschung. Sie starrte auf den nur wenige Zeilen langen Artikel und schien ihn lächerlich kurz zu finden. Dann sah sie zu ihrem Mann hinüber, und wenn sie nicht geschworen hätte, nie wieder ein Wort mit ihm zu sprechen, hätte sie ihn gefragt:

»Na und?«

Sie hatte etwas viel Deutlicheres erwartet, eine Geschichte, in der vergiftete Suppe und Reagenzgläser vorkamen.

Statt dessen mußte sie im Geist einen langen Umweg machen, bevor sie die Verbindung zwischen dem Zeitungsartikel und dem Lacroixschen Eßzimmer fand. Einem armen Teufel, der unfähig war, seine Familie zu ernähren, war plötzlich klargeworden, daß er nie mehr auf einen grünen Zweig kommen würde, und er hatte beschlossen, seinem Leben ein Ende zu setzen.

Das war es also! Er hatte eben nicht mehr ein und aus gewußt.

Allerdings hatte dieser Gustave L. seine ganze Familie mit in den Tod genommen.

Mathilde überlegte. Man sah ihr an, daß sie überlegte, denn sie starrte so angestrengt auf einen Rostfleck auf dem Bettbezug, daß es beinahe komisch aussah.

Warum hatte Gustave L. die anderen getötet? Weil er

sie so sehr liebte, daß ihm der Gedanke, sich von ihnen trennen zu müssen, unerträglich war? Weil es ihm widerstrebte, sie in Armut zurückzulassen? Weil er seine Kinder, seine Frau und sich selbst als unauflösliche Einheit betrachtete?

Sie saßen jeder in seinem Bett, Mathilde links, mit der aufgeschlagenen Zeitung auf der Bettdecke, ihr Mann rechts, und zwischen ihnen, über ihren Köpfen, hing der Lampenschirm mit den Perlenfransen.

Vernes wartete. Er mußte seiner Frau Zeit lassen, alles in ihrem Kopf zu verarbeiten, und als ihr Kopf mit dieser Arbeit fertig war, wandte sie sich zu ihm, sah ihn an, wie sie ihn noch nie angesehen hatte, wie einen Unbekannten oder vielmehr wie ein ungewöhnliches Wesen, dem sie bisher nie Beachtung geschenkt hatte.

Und er sagte nur:

»Tja ...«

Das bedeutete weder, daß er stolz auf das war, was er getan hatte, noch daß er zerknirscht oder beschämt war. Mitnichten! Es war nur eine Bestätigung. Mit einem kaum wahrnehmbaren Anflug von Stolz im tiefsten Innern. Aber auch mit einer gewissen Verlegenheit, denn er fühlte, daß er lieber schweigen sollte.

Aber wenn er noch einmal hinuntergegangen war, dann deshalb, weil er nicht länger schweigen wollte. Und während seine Frau die Zeitung durchsah, hatte er sich geduldig den ersten Satz zurechtgelegt.

»Wer ist schuld?« begann er endlich.

Sie fürchtete sich heute abend ein wenig vor ihm. Vielleicht hatte sie sogar Bedenken, in diesem Zimmer zu bleiben, im selben Raum zu schlafen wie ihr Mann. Widerstrebend schlüpfte sie zwischen die Laken, legte den Kopf aufs Kopfkissen, schloß die Augen.

»O ja, ich weiß, du wirst keine Antwort geben ... Du wirst nie zugeben, daß du genauso schuld bist wie ich ...«

Es wirkte zu einstudiert. Er sprach mit matter Stimme und legte nur gerade soviel Überzeugungskraft in seine Worte wie unbedingt nötig. Jahrelang hatte er in diesem Haus, das so oft einem Irrenhaus glich, Liebe und Haß empfunden, auf den Boden gestampft, geweint und geschrien und den Kopf gegen die Wand geschlagen, und jetzt, in der entscheidenden Minute, war er ruhig, so ruhig, daß er sich ganz leer fühlte. Er betrachtete seine Frau, deren Haare über den Bettrand hingen, die längliche Wölbung der Bettdecke über ihrem Körper.

»Wenn du mich geliebt hättest, wäre es noch zu entschuldigen gewesen«, sagte er.

Er verdüsterte sich. Er mußte es sagen, trotz allem.

»Aber du wirst wohl nicht behaupten, daß du mich geliebt hast ... Nein, das wirst du nicht wagen ... Es war ja auch kein Zufall, daß wir uns kennengelernt haben ... Wenn deine Tante Estienne nicht einer Freundin meiner Mutter gesagt hätte, daß wohlangesehene Leute in Bayeux einen gutsituierten und gottesfürchtigen Schwiegersohn suchen ...«

Mathilde stieß einen Seufzer aus und drehte sich um, so daß er von ihr jetzt ein geschlossenes, von einer Haarsträhne fast verdecktes Auge sehen konnte.

»Und so haben wir eben geheiratet! ... Ich will nicht

verhehlen, daß ich glücklich war, in eine so reiche Familie einzuheiraten... Aber erinnere dich, was du mir gleich in den ersten Tagen gesagt hast:

›Am unangenehmsten ist mir, daß ich jetzt Vernes heiße. Ich verstehe nicht, warum nicht alle Frauen ihren Mädchennamen behalten können, so wie es die meisten Künstlerinnen tun...‹

In einem der Zimmer knarzte eine Türangel. Poldine hatte etwas gehört, aber das spielte nun auch keine Rolle mehr. Sollte sie doch an der Tür lauschen!

»Mir war bald klar, was man von mir wollte... Zwei Kinder, einen Jungen und ein Mädchen, so hattest du es von vornherein bestimmt!... Das erstaunlichste ist, daß du sie wirklich bekommen hast... Und heute frage ich mich, ob sich deine Schwester nicht aus purem Neid, nur weil sie auch ein Kind wollte, droben im Atelier mit mir eingelassen hat...«

Das Auge öffnete sich, ein kaltes, ruhiges Auge, das Vernes fixierte und ihn verunsicherte.

»Du bist die betrogene Ehefrau, das willst du mit deinem zornigen Blick sagen, nicht wahr?«

Ihr offenes Auge brachte ihn endlich in Fahrt.

»Du hast die unglückliche Ehefrau gespielt, die gerade ein Kind zur Welt gebracht hat und entdecken muß, daß ihr Mann sie mit ihrer eigenen Schwester betrügt...«

Das Auge klappte zu.

»Die Wahrheit ist, daß du darunter gar nicht leiden konntest, denn du liebtest mich ja nicht! Und die Wahrheit, die reine Wahrheit ist, daß es auch ohne diese Bettgeschichte nicht viel anders gekommen wäre...

Die Wahrheit ist, daß ihr Haß braucht, du und deine Schwester ... Als Kinder habt ihr wahrscheinlich Streiten gespielt, so wie andere mit dem Kaufladen oder mit Puppen spielen.«

Das Auge öffnete sich erneut und verriet plötzliches Interesse.

Vernes suchte nach dem nächsten Satz.

»Wenn man einen Splitter im Finger hat, dann reagiert der Organismus und gibt keine Ruhe, bis der Fremdkörper ausgestoßen ist ... Und ich, ja, ich war der Fremdkörper im Hause Lacroix! Nicht nur ich, auch meine Kinder ... So ist es doch gewesen: du wolltest zwar Kinder, aber du hattest nicht bedacht, daß sie keine echten Lacroix' sein würden! Und vor allem war es unvorstellbar für dich, daß sie vielleicht kleine Vernes' sein könnten ... Je älter sie wurden, desto größer wurde dein Haß auf sie! Und deine Schwester haßte sie auch ... Ihr beiden habt immer alles gehaßt, was nicht von euch selbst war ... Und auf diesen Haß gründet sich unser Leben, seit nun fast zwanzig Jahren ...«

Jetzt, wo das Bett angewärmt war, konnte Mathilde die Beine ausstrecken, und die Bettdecke gab ein Stück ihrer Wange frei.

»Du wirst nichts sagen ... Dazu bist du zu stolz ... Mich tröstet nur, daß du weißt, daß ich recht habe ... Und jetzt will ich dir etwas sagen, das jeder anderen Mutter die Schamröte ins Gesicht triebe ... Du hast einen Sohn und eine Tochter ... Deine Schwester hat eine Tochter, eine Tochter vom selben Vater ... Du hättest also allen Grund, sie zu hassen, und doch bin ich sicher, daß dir Sophie im Grunde deiner Seele lieber ist als deine eigenen Kinder, denn zufällig dominiert bei ihr das Lacroixsche Blut...«

Jemand klopfte leise an die Tür.

»Was ist los?« schrie Vernes ohne jede Zurückhaltung.

»Redet nicht so laut!« empfahl die Stimme von Poldine. Man hörte, wie sie wegging, in ihr Zimmer zurückkehrte.

»Alles das habe ich gleich am Anfang erkannt, aber da war es schon zu spät... Ich hätte mitspielen und gleichfalls hassen, meinen Part im Konzert der Beschimpfungen übernehmen können, die man sich jeden Tag an den Kopf warf... Oder ich hätte mich draußen ausleben, einem Laster, irgendeiner Leidenschaft frönen können... Eine Zeitlang habe ich es sogar versucht... Ich habe keine Cafés besucht, denn den Lärm und Trubel dort finde ich schrecklich... Aber es gibt ein Haus draußen vor der Stadt, dort bin ich ein paarmal gewesen, doch ich konnte keinen Gefallen daran finden...«

Mathilde seufzte. Es dauerte zu lange. Sie verlor das Interesse, und das Auge schloß sich wieder, diesmal endgültig, wie es schien.

»Ihr habt mich für einen armen Trottel gehalten und nicht gewußt, daß mein Leben dort oben hundertmal interessanter als das eure war, so interessant, daß mir die paar Stunden, die ich in eurer Gesellschaft verbringen mußte, nichts mehr ausmachten, obwohl sie die Hölle waren... Eines Tages werdet ihr es wissen... Dann werdet ihr euch wundern, alle beide...«

Mathilde zog sich die Decke über die Ohren, um

nichts mehr zu hören, aber es war offenkundig, daß sie weiter zuhörte.

»Ich weiß nicht, was dann passieren wird und was ihr von mir halten werdet... Mein Name wird in aller Munde sein...«

Er lächelte ohne Hoffnung. Sophie schlug in ihrem Zimmer mit den Fäusten gegen die Wand.

»Schon gut, ich habe verstanden!« schrie er. »Ich bin auch schon fertig...«

Das Blut war ihm in die Wangen gestiegen, und er fuhr sich immer wieder mit den Händen durch das wirre Haar.

»Gute Nacht, Mathilde... Schlafe jetzt! Oder versuche zu schlafen...

Du kannst mir nichts mehr vormachen mit deinem Schweigen, weißt du! Ich verstehe selbst nicht mehr, wie ich darauf kommen konnte, euch alle mitzunehmen...«

Sie drehte sich geräuschvoll um, und er verstummte, blieb noch einen Augenblick sitzen und ließ sich dann langsam unter die Bettdecke gleiten.

Er hatte vergessen, das Licht zu löschen. Mathilde machte es aus, nachdem sie eine Weile gewartet hatte, um sicherzugehen, daß er wirklich fertig war.

Wie jeden Morgen stand die Milchflasche vor der Tür, und waagrecht auf dem Deckel lag das frische Brot. Zwei Minuten vor acht warf der Zeitungsausträger, der einen dicken Wollschal umgebunden hatte und dessen Atem in der kalten Morgenluft kleine Wölkchen bildete, die Zeitung in den Briefkasten.

Schwarzgekleidete Frauen kamen von der stillen

Messe zurück, und da und dort hörte man die Haustür eines der großen Häuser der Straße auf- und wieder zugehen.

Elise, die erst gegen zehn Uhr richtig wach wurde und noch lange nach Bett roch, hatte ein verquollenes Gesicht und trübe Augen. Sophie trällerte beim Anziehen gutgelaunt vor sich hin, und Poldine lauerte im Eßzimmer ihrer Schwester auf und forschte, als sie hereinkam, in ihrem Gesicht nach Spuren der vergangenen Nacht.

Doch es war noch nicht der richtige Augenblick. Jacques aß noch, tunkte sein Brot in den Milchkaffee. Sophie kam herein und fragte:

»Müssen wir heute nicht die Mieten kassieren?«

Dies war nämlich der Vorwand gewesen, ein Auto anzuschaffen. Die Mieten der Arbeiterwohnungen wurden wöchentlich entrichtet, und Poldine sammelte sie selbst ein.

Emmanuels Erregung war abgeflaut. Sein Gesicht wirkte abgespannt, seine Augen müde. Auf das Tischtuch blickend, aß er mechanisch, ohne seine Frau und Poldine auch nur anzusehen.

Als er in sein Atelier hinaufging, machte er im ersten Stock einen Augenblick vor Genevièves Zimmer halt, faßte sogar an den Türknauf.

»... der Herr ist mit dir ...«

Viève betete halblaut, und er wagte nicht einzutreten. Er ging weiter, schloß sich in sein Atelier ein, blickte lange durch das große Fenster auf die grauen Dächer hinaus, über denen ein leichter Dunst schwebte.

Drunten schlug eine Tür zu und zeigte an, daß Jacques gegangen war. Seine Schritte hallten auf der Straße.

»Ich werde einen kleinen Ausflug machen«, verkündete Sophie, die Lust hatte, Auto zu fahren.

Als Sophie weg war, sah Poldine ihre Schwester noch eindringlicher an, als wolle sie sagen:

»So, nun sind wir allein. Du kannst sprechen...«

Mathilde zögerte. Ja, sie stand kurz davor, alles zu erzählen. Vielleicht war es im Haus noch nicht warm genug...

»Ich muß nach Geneviève sehen«, murmelte sie.

Dies war eine Aufgabe, der sie nicht ungern nachkam, die keine großen Anforderungen an sie stellte und einen Teil des Vormittags ausfüllte. Sie verstand es, ihre Arbeit lautlos zu erledigen, ohne viel Wirbel zu machen, und die Gegenstände gelangten wie durch ein Wunder an ihren Platz zurück, der Staub verschwand und mit ihm die Unordnung, die Menschen nun einmal um sich zu verbreiten pflegen.

Während sie so hin und her huschte, dachte sie an gar nichts, und ihr Blick drückte nichts als Arbeitseifer aus.

»Hast du deine Tropfen genommen?«

»Noch nicht, Mutter.«

Sie zählte die Tropfen ab, richtete mit einer ungemein sanften Bewegung Genevièves Oberkörper auf, wartete, nahm ihr das Glas wieder ab.

»Ich habe geträumt, daß der Pfarrer mich besucht hat...«

Mathilde zuckte zusammen, denn bei diesen Worten hatte sie das traurige Bild eines Sterbezimmers vor

Augen, aber Geneviève, die den Gedanken ihrer Mutter erraten hatte, fuhr bereits lächelnd fort:

»Hab keine Angst! Nicht so, wie du denkst ... Er kam mir nur guten Tag sagen, weil ich nicht mehr laufen kann ... Am Sonntag werde ich zum ersten Mal nicht zur Messe gehen können ...«

Mathilde öffnete halb das Fenster, um den Bettvorleger auszuschütteln.

»Beim Aufwachen dachte ich, daß er vielleicht wirklich kommen würde ... Was meinst du, Mutter? Willst du ihn nicht fragen?«

»Mal sehen ...«, versprach Mathilde, der heute morgen die naheliegenden Dinge gleichgültiger denn je waren.

Sie schwebte geradezu durchs Zimmer, schien die Gegenstände kaum zu berühren, wie ein Jongleur. In Wirklichkeit war sie mit den Gedanken ganz woanders. Sie hielt den Kopf gesenkt, und ihr Mund war schmal, noch schmaler als sonst, ein Gesichtsausdruck, den Jacques in seiner zynischen Art so deutete:

»Sie macht ihr Mater-Dolorosa-Gesicht.«

»Was ist denn gestern abend gewesen?« fragte Geneviève.

»Was soll gewesen sein?«

»Mir war, als hätte ich Vater sprechen hören, spätabends ... Heute früh hat er mir gar nicht guten Morgen gesagt ...«

»Ach ...«

Poldines Rock streifte an der Tür vorbei. Sie trat in ihr Büro, und Mathilde hielt einen Augenblick gespannt inne. Sie schien heute immer wieder mitten in ihrer Tätigkeit zu stocken. Sie lief hin und her, räumte noch sorgfältiger auf als sonst, damit die Minuten schneller vergingen. Sie wollte sich beschäftigen, aber hin und wieder merkte man ihr an, daß sie nicht bei der Sache war. Wartete sie vielleicht auf etwas, auf ein Ereignis, das sie herbeisehnte und doch zugleich fürchtete?

Einmal, als sie ihre Mutter im Spiegel sah, war sich Geneviève ganz sicher, daß sie weinte, aber es war kein Schluchzen zu hören: Mathilde schniefte nicht einmal, wischte sich nicht die Augen ab, die gleich darauf von selbst wieder trocken waren.

Es war beinahe, als sei der Nebel von draußen ins Haus gedrungen und habe die Dinge eingehüllt, die Schritte und Stimmen gedämpft und den Bewegungen etwas Unwirkliches verliehen.

Warum verließ Poldine ihr Büro, öffnete die Tür, blieb regungslos und ohne ein Wort auf der Schwelle stehen und sah ihre Schwester so seltsam an? Warum tat Mathilde, als bemerke sie es nicht? Warum fing sie an, im Waschkämmerchen Großputz zu machen?

»Mutter...«

»Was ist?«

»Nichts... Ich weiß nicht...«

Poldine hatte sich verzogen. Man hörte sie ungeduldig und erwartungsvoll im Büro hin und her gehen.

Elise war einkaufen gegangen, und Viève, die oben im Haus ein Geräusch zu hören glaubte, schreckte hoch.

»Mir kommt heute alles so traurig vor...«, sagte sie entschuldigend.

»Wie meinst du das?«

»Ich weiß nicht... Es wird der Nebel sein... Heute morgen habe ich mein Ei kaum hinuntergebracht, und jetzt liegt es mir immer noch im Magen... Wo ist Sophie?«

»Sie ist spazierengefahren...«

Da war Poldine schon wieder, pflanzte sich im Türrahmen auf. Sie hatte etwas Hartes, Unerbittliches, wie sie so dastand und ihre Schwester ansah.

»Mathilde...«, sagte sie.

»Was willst du?«

»Komm mit...«

»Gleich... Ich bin bald fertig...«

Geneviève konnte nicht wissen, worum es ging, aber sie verfolgte ängstlich und mit wachsendem Unbehagen jede Bewegung ihrer Mutter.

Poldine wurde immer ungeduldiger. Zweimal kehrte sie in ihr Büro zurück. Zweimal kam sie wieder, und Mathilde suchte jetzt ganz offensichtlich nach einer Beschäftigung, um noch länger bleiben zu können.

Als Poldine wieder einmal auf der Schwelle stand, hörte man von droben ein lautes Poltern, das Poltern eines umfallenden Stuhls.

Reglos lauschten die drei Frauen einen Augenblick. Geneviève, die Schreckhafteste, hatte sich mit der Hand an die Brust gefaßt, in der das Herz heftig pochte.

Unwillkürlich hatte sie einen Schrei ausgestoßen, und die Mutter fragte auch noch:

»Was hast du?«

»Ich weiß nicht. Hast du das gehört?«

»Hm? ... Da ist ein Stuhl umgefallen ...«

»Ja ... Kann sein ...«

Mathilde machte sich daran, die Waschschüssel zu scheuern, aber diesmal trat Poldine entschiedener auf.

»Komm einen Augenblick mit, ja?«

Man ließ Geneviève allein. Sie hörte, wie die beiden ins Büro gingen, sorgsam die Tür schlossen; dann vernahm sie Geflüster.

Das war Tante Poldine. Sie sah ihre Schwester scharf an.

»Warum willst du mir nichts sagen? Worauf wartest du?«

Mathilde wandte wortlos den Kopf ab. Ihre Schwester ließ nicht locker. Mit einem Blick zu ihrem Zimmer hinüber, wo sie gestern auf dem Kaminsims ihre Experimente gemacht hatte, fragte sie:

»Es war das, stimmt's?«

Mathilde schlug die Augen nieder.

»Hat er es zugegeben?«

Poldine blickte zur Zimmerdecke hinauf. Sie packte ihre Schwester an den Schultern und schüttelte sie.

»Aber dann ...«

Und sie richtete ihren Blick erneut zur Decke.

»Was dann?« brachte Mathilde mühsam hervor.

Ihre Stimme war matt und so kalt, daß Poldine entsetzt war.

»Du ... du hast es also gewollt?«

Sie hatten sich längst verstanden, und Poldine verlor zum erstenmal in ihrem Leben die Fassung und rannte, mit beiden Händen ihre Röcke raffend, die Treppe hinauf.

Geneviève lag mit weit aufgerissenen Augen in ihrem Zimmer und rang nach Luft.

Poldine rüttelte vergeblich an der Klinke, hämmerte mit den Fäusten gegen die Tür, rief keuchend:

»Emmanuel! ... Mach auf!«

Mathilde lief ihr nicht nach, sie blieb unbewegt im Büro stehen, dessen Tür offengeblieben war. Aus Genevièves Zimmer hörte sie ein Geräusch, einen dumpfen Schlag, dem ein Stöhnen folgte. Ihre Tochter mußte in ihrer Angst versucht haben aufzustehen und war dabei auf den Boden gestürzt.

Mathilde rührte sich nicht vom Fleck.

Droben rief Poldine immer wieder:

»Mach doch auf!«

Dann kam sie herunter und rief Mathilde im Vorbeigehen zu:

»Ich geh den Schlosser holen ...«

Sie dachte nicht daran, daß es das Telefon gab, und lief hinaus, die Häusermauern entlang bis zu einer kleinen Straße ganz in der Nähe, wo sie einen Schlosser kannte.

»Sie hat es gewollt ... Sie ahnte es ... Sie hat es gewußt ...«, jammerte sie vor sich hin.

Mathilde hatte sich gesetzt, denn sie spürte, wie ihr die Knie weich wurden. Sie legte die Ellenbogen auf den Tisch, und ihr Kopf sank vornüber. Doch sie war nicht ohnmächtig geworden. Es war etwas anderes, eine beängstigende, schmerzende Leere, die ihr alle Kraft nahm. Dennoch hörte sie Genevièves Hilferuf:

»Mutter! ...«

Sie hörte sogar die Schritte, die drunten auf der

Straße näherkamen, die Schritte ihrer Schwester und des Schlossers, dessen großer Schlüsselbund klirrte.

»Kommen Sie... Hier hinauf... Ja, ganz oben... Wer weiß, was passiert ist...«

Der Mann ging voraus. Im Vorbeigehen warf Poldine wieder einen Blick auf ihre Schwester.

Oben auf der Treppe hantierten sie lange an der Tür herum. Endlich ein Knarren, dem eine lange Stille folgte.

»Mutter!« schrie Geneviève hinter ihrer geschlossenen Tür.

Und der Schlosser droben sagte:

»Ich mache das schon, Madame... Bemühen Sie sich nicht...«

Dann kam er die Treppe heruntergerannt, hastete die Straße entlang. Mathilde schreckte hoch, denn hinter ihr stand jemand, stumm und reglos.

Es war Poldine. Poldine, die allein durch ihre Haltung Mathildes stumme Frage beantwortete.

Mathilde wischte sich mit der Hand über die Stirn, erhob sich mühsam.

»Erhängt...«, warf Poldine hin. »Am Fensterkreuz.«

Weinen konnten sie beide nicht. Und das Schlimmste war Poldines anklagender Blick, der auf ihrer Schwester lastete.

»Mutter! Mutter, bitte!...«

»Geh zu ihr!« befahl Poldine.

Damit versprach sie, sich um alles andere zu kümmern. Doch zunächst ging sie in ihr Zimmer, betrachtete sich im Spiegel, strich eine Haarsträhne zurück und legte sich einen Schal um die Schultern, denn ihr fröstelte.

Langsam wie eine alte Frau stieg sie die Stufen hinauf bis zum obersten Treppenabsatz und blieb vor dem Atelier stehen.

Sie wartete, ein wenig gebeugt, während ihr Blick der Biegung des Treppengeländers folgte, das unten im Erdgeschoß in der kupfernen Kugel endete. Aus Genevièves Zimmer drangen Schreie herauf. Elise war immer noch nicht vom Markt zurück.

Dann endlich die eiligen Schritte zweier Männer in der Diele.

»In der obersten Etage«, sagte die Stimme des Schlossers.

Wenig später musterte Poldine mit fast komisch wirkender Neugier den Mann, der die Treppe heraufkam, einen blutjungen Kerl mit verängstigter Miene.

»Doktor Jules war nicht zu Hause«, erklärte der Schlosser. »Da ist mir eingefallen, daß es ganz in der Nähe einen neuen Arzt gibt...«

»Kommen Sie, Doktor...«

Um etwas zu tun zu haben, packte der Schlosser sein Werkzeug zusammen, und der junge Mann fragte leise und arglos:

»Wo ist er?«

Er hatte nicht gesehen, daß es im Atelier eine Nische gab, in der das Sofa stand. Auf dieses Sofa hatte der Schlosser den toten Emmanuel Vernes gebettet, der dabei einen seiner Lacklederpantoffeln verloren hatte.

»Können Sie Licht machen?«

In der Nische war es dunkel. Poldine drehte an einem

Schalter, und über der spanischen Sofadecke leuchtete eine altmodische schmiedeeiserne Lampe auf.

»Ich lasse Sie jetzt arbeiten ... Wenn Sie irgend etwas brauchen ...«, erklärte Poldine beim Hinausgehen, ohne recht zu wissen, was sie sagte.

3

Poldine nahm alles in die Hand, bestimmte alles, überwachte alles. In kaum einem Haus war je eine Arbeit dieser Art binnen einer Stunde über die Bühne gebracht worden.

Mathilde schmollte regelrecht. Sie war nicht vom Schmerz niedergedrückt, noch plagten sie Schuldgefühle. Auch physisch hatte sie das Ereignis nicht weiter mitgenommen. Nichtsdestoweniger hielt sie sich aus dem Trubel heraus und beobachtete die anderen nur mit mißtrauischen Blicken.

Poldine hatte ihr trotzdem die Sorge um ihre Tochter abgenommen. Solange Geneviève in ihrem Bett schrie, in die Laken biß und fürchterliche Schreie ausstieß wie ein Hund, der den Mond anheult, war ohnehin nichts zu machen.

»Kann man ihr nicht irgendwas geben, Doktor?«

Man hatte ihr eine Dosis Bromoform verabreicht, das sie von ihrer Mutter gestützt einnahm, während die Tränen ins Glas flossen und sie von heftigem Zittern geschüttelt wurde.

Das war erledigt! Eile war geboten. Poldine ging mit mannhafter Tatkraft ans Werk, denn solange sie das, was zu tun war, nicht hinter sich gebracht hatte, würde die Tragödie immer gegenwärtig sein, unfaßbar und bedrohlich.

Wie Emmanuel dort oben mit hintenüber hängendem Kopf, verzerrtem Gesicht und herabbaumelndem Arm auf dem Sofa mit der spanischen Decke lag, war er für Poldine ein fremdes, beunruhigendes Wesen, das sie nicht ansehen konnte, ohne sich zu bekreuzigen.

»Vergessen Sie nicht, die Polizei zu benachrichtigen!« hatte der junge Arzt ihr empfohlen.

Da wußte er noch nicht, daß man ihn bis zuletzt dabehalten und er eine ganze Stunde lang Sklave der älteren Lacroix-Schwester sein würde.

Er mußte selbst bei der Polizei anrufen, und währenddessen hatte Poldine Zeit, den Zettel zu lesen, der von einer Glaskugel beschwert unübersehbar auf dem Ateliertisch lag.

»Ich bitte meine Tochter um Verzeihung, aber tot werde ich ihr möglicherweise nützlicher sein als lebendig. Ich wünsche, daß alles, was sich in diesem Atelier befindet, in ihren persönlichen Besitz übergeht. Dies ist mein Letzter Wille. Vielleicht kann ihr diese Erbschaft eines Tages eine Hilfe sein.«

Poldine war nahe daran, das Blatt Papier in ihr Mieder zu stecken. Wäre Emmanuel nicht mehr dort gelegen, hätte sie es vermutlich getan. Seinetwegen legte sie es auf den Tisch zurück, schob es aber wie aus Versehen unter ein Heft.

Sie hatte keine Zeit zu überlegen. Sie mußte so viele Kleinigkeiten bedenken und wollte nichts vergessen.

»Der Kommissar kommt sofort!« verkündete der junge Arzt.

Die Reagenzgläser und Fläschchen, die immer noch in ihrem Zimmer waren und Anlaß zu Gott weiß welchem Klatsch geben konnten, sollte sie für alle Fälle besser verschwinden lassen. Im Hof gab es eine alte Abortgrube, die nicht mehr benutzt wurde, seitdem man Wasserspülung hatte, und Poldine ging hinunter und wuchtete nach einem vorsichtigen Blick zu den Fenstern den Betondeckel hoch.

Als sie ins Haus zurückkam, lief ihr Elise über den Weg, die in der Küche ihre Einkäufe wegräumte und von nichts wußte.

»Monsieur ist tot!« sagte sie zu ihr. »Die Fensterläden müssen zugemacht werden. Binden Sie einen Trauerflor um die Klingelschnur und lassen Sie die Haustüre angelehnt.«

»Monsieur ist tot?« rief Elise verständnislos.

»Tot, ja! Tun Sie, was ich gesagt habe.«

Alsbald hörte man die Fensterläden knarren, und wenig später erschienen der Kommissar und ein Inspektor. Poldine führte sie hinauf.

»Er hatte es schon lange mit den Nerven, und die Krankheit seiner Tochter hat ihn noch schwermütiger gemacht. Sie ist bettlägerig und wird wohl nie mehr aufstehen können.«

»Wer hat ihn heruntergenommen?«

»Der Schlosser und ich.«

Der Inspektor setzte sich an den Tisch, schrieb bedächtig auf, was Poldine ihm diktierte, notierte die Namen des Schlossers und des Arztes.

»Wenn Sie dafür sorgen könnten, daß ... daß es nicht in die Zeitung kommt ...«

Er versprach sein Möglichstes zu tun, griff nach seinem Hut.

»Dürfen wir ihn jetzt...«, begann Poldine und deutete auf die Leiche.

Sie beendete den Satz nicht, weil sie nicht den richtigen Ausdruck fand. Genauer gesagt, weil sie das Wort, das ihr über die Lippen wollte, ein wenig unpassend fand. Sie hatte sagen wollen:

»Dürfen wir ihn herrichten?«

Doch der Kommissar hatte schon verstanden.

»Natürlich dürfen Sie...«

Es war ein schwerer Augenblick, aber es mußte sein. Wie gut, daß ihr der Doktor noch zur Verfügung stand.

»Was ist denn?« rief sie zu Elise hinaus, die sich auf der Treppe bemerkbar zu machen versuchte, aber sich nicht hereintraute.

»Notar Crispin ist da und möchte mit Madame sprechen...«

»Ich spreche später mit ihm... Haben Sie es ihm gesagt?«

»Nein, Madame... Ich habe ihn in den Salon geführt...«

Der Doktor war geradezu lächerlich folgsam.

»Sind Sie bereit?« fragte Poldine.

Sie packte die Füße, er die Schultern. Die dritte und die siebte Stufe knarzten. Poldine mußte die Füße einen Augenblick loslassen, um die Schlafzimmertür zu öffnen.

Dann lief man eifrig hin und her, öffnete Schränke und Truhen, füllte Wasser in eine Schüssel und suchte nach der passenden Wäsche.

Hatte Poldine auch nichts vergessen? Die Mitteilung an das Standesamt... Aber darum würde sich das Bestattungsinstitut kümmern. Dort sollte Mathilde anrufen, einen kleinen Anruf konnte sie ja wohl übernehmen.

Auf dem Treppenflur stieß Poldine auf ihre Tochter, die ein bestürztes Gesicht machte.

»Geh jetzt nicht hinein...«, riet sie ihr. »In ein paar Minuten ist alles fertig. Hast du den Notar gesehen?«

»Den Notar? Wieso?«

»Er ist drunten im Salon...«

Eine Viertelstunde später konnte sie den Arzt endlich entlassen.

»Fertig... Danke für Ihre Hilfe... In einem Haus mit lauter Frauen...«

Sie rief Sophie.

»Du kannst jetzt zu ihm...«

Emmanuel hatte nichts Beängstigendes mehr an sich. Auf dem Rücken liegend, die Hände um einen Rosenkranz gefaltet, wie der Brauch es verlangte, sah er sogar erstaunlich alltäglich aus. Ein weißes Handtuch stützte sein Kinn und verdeckte die roten Striemen am Hals. Man hatte nur zwei Kerzen angezündet, auf jeder Seite eine.

»Wie ist es passiert?« fragte Sophie.

Ihre Mutter zuckte nur leicht die Schultern, murmelte ein Ave und ein Vaterunser und bekreuzigte sich.

»Da fällt mir ein, daß wir den Priester benachrichtigen müssen. Er wird vielleicht nicht kommen wollen, wenn er erfährt, daß es Selbstmord war... Geh du hin...«

Sophie setzte ihren Hut auf, vergaß, daß die Tür angelehnt bleiben sollte, und knallte sie hinter sich zu.

Mathilde hatte das Büro immer noch nicht verlassen. Da Elise überall die Fensterläden geschlossen hatte, brannten die Lichter, und man kam sich vor, als wäre es bereits Nacht.

»Sie kommen in einer halben Stunde...«, teilte Mathilde ihrer Schwester mit.

Sie, das waren die Leute vom Beerdigungsunternehmen.

»Wollen wir ihn im Salon aufbahren wie damals Papa?«

Mathilde war es recht. Sie hatte schon ganz andere Dinge im Kopf.

»Hat er keinen Brief hinterlassen?«

»Darüber wollte ich gerade mit dir reden... Aber dazu sollten wir vielleicht lieber hinaufgehen...«

Doch da platzte Elise herein.

»Der Notar läßt fragen, ob Sie ihn immer noch nicht empfangen können...«

»Na schön! Ich gehe hinunter.«

Doch zuvor machte sie sich frisch, zog ihr schwarzseidenes Kleid an, zögerte, ob sie die Kamee anstecken sollte.

»Du solltest ein Gläschen trinken«, riet sie ihrer Schwester, die blaß aussah.

Sie ging hinunter, durchquerte das Eßzimmer und trat ernst und gemessen, wie es sich gebührte, in den Salon.

»Entschuldigen Sie bitte, daß ich Sie habe warten lassen, aber man hat Ihnen ja wohl gesagt, daß...«

»Darf ich Ihnen mein Beileid aussprechen«, sagte er mit einer Verbeugung.

Der Notar, ein Mann mit Bürstenfrisur und grauem Kinnbärtchen, sah Poldine mit frostigem Blick an. Ihm war durchaus nicht nach Höflichkeiten zumute, doch seine gute Erziehung war stärker, und so fragte er obenhin:

»Wie ist es passiert?«

»Ganz plötzlich... Völlig unerwartet... Nehmen Sie Platz, Monsieur Crispin...«

»Es tut mir schrecklich leid, daß ich Sie in einem solchen Augenblick belästigen muß... Denn ich wende mich besser an Sie, nehme ich an, obwohl es genaugenommen mehr Ihre Schwester angeht...«

Er kam zum eingeübten Teil seines Besuchs. Wenn er sich trotz Poldines Einladung nicht gesetzt hatte, so deshalb, weil er mit einer bedeutsamen Geste in die Tasche seines schwarzen Mantels greifen und ein ziemlich dickes Päckchen hervorziehen mußte, das er seiner Gesprächspartnerin überreichte.

»Hier, bitte sehr!«

»Worum geht es?«

»Es wäre mir lieber, wenn Sie selbst einen Blick darauf werfen würden...«

Jetzt konnte er sich setzen, breitete dabei seine Mantelschöße auseinander und stieß einen kleinen Seufzer aus.

Poldine hatte einen Stapel Briefe in der Hand, die von einem Gummiband zusammengehalten wurden. Sie löste das Gummi, öffnete einen der Briefe und stellte fest:

»Das ist Jacques' Handschrift ...«

Er nickte, während sie zu begreifen begann. Halblaut las sie:

»Meine Heißgeliebte ...«

»Den können Sie überspringen«, empfahl er. »Nehmen Sie lieber einen von den letzten ...«

Der Salon ging auf den Hof hinaus, und auf dieser Seite hatte Elise die Fensterläden nicht geschlossen. Poldine stellte sich mit dem Rücken ans Fenster.

»Meine Angebetete ...«

Monsieur Crispin starrte auf seine akkurat nebeneinander gestellten Füße, die in blankgewichsten Schuhen steckten und sich scharf von dem abgenutzten Teppich abhoben.

»Ich hoffe, daß Du gut nach Hause gekommen bist und daß Deine Eltern keinen Verdacht geschöpft haben ...«

Sie las jetzt ganz leise, setzte ihr Lorgnon auf, beugte sich ein wenig zur Seite, um besseres Licht zu haben.

»Ich verstehe nicht ...«, murmelte sie, nicht sehr überzeugt.

»Nehmen Sie den nächsten, den hellblauen ...«

»Meine liebe kleine Frau,
denn das bist Du jetzt doch, nicht wahr? und niemand kann uns mehr trennen ... Unser ganzes Leben lang

werden wir uns an das kleine Hotel am Flußufer erinnern und an den Hotelbesitzer, dessen Lächeln Dir nicht gefiel, und an das Zimmermädchen, das absichtlich Madame zu Dir gesagt hat, um ein größeres Trinkgeld zu bekommen... Du bist mein, Deine Lippen, Dein ganzer Körper sind mein...?«

Poldine stand auf, legte die Briefe auf den rosafarbenen Marmortisch und fragte tonlos:

»Sind Sie sicher, daß die Briefe an Ihre Tochter adressiert sind?

»Absolut sicher, habe ich sie doch heute morgen zwischen ihrer Wäsche gefunden... Ich ahnte schon seit einiger Zeit etwas und wollte mir Klarheit verschaffen...«

»Ist es die ältere?«

»Nein! Blanche, meine Jüngste! Sie ist an Pfingsten siebzehn geworden.«

»Haben Sie schon mit Jacques gesprochen?«

»Noch nicht. Er ist bei mir, in der Kanzlei...«

Sie hörte Stimmen in der Diele und nutzte die Gelegenheit.

»Entschuldigen Sie mich einen Augenblick...«

Es war der Mann vom Beerdigungsinstitut mit einem Angestellten, der Maß nehmen sollte.

»Ich bin sofort für Sie da!« versprach sie ihnen.

Von der Türschwelle aus wandte sie sich an den Notar:

»Sie werden entschuldigen, Monsieur Crispin, aber ich muß mich jetzt dringend um diese Herren kümmern... Nach der Beisetzung...«

»Aber was soll ich bis dahin tun? Meine Tochter liegt auf dem Bett und weint... Meine Frau ist schon ganz krank...«

»Machen Sie sich keine Sorgen...«

Damit schob sie ihn kühl und höflich hinaus. Zu den beiden anderen sagte sie:

»Kommen Sie, meine Herren... Wir wollen ihn im Wohnzimmer aufbahren, wie meinen Vater...«

Der Tisch wurde gedeckt wie sonst auch, aber Jacques, dessen Augen gerötet waren, wollte nichts essen und suchte Zuflucht bei seiner Schwester, die teilnahmslos in ihrem Bett lag.

Der Priester war gekommen, hatte den Schwindel gewittert, es jedoch nicht übelgenommen.

»Ich werde mit dem Bischof Rücksprache halten«, versprach er. »Eine Messe wird nicht möglich sein, aber vielleicht könnte man die Leiche vor der Kirche aussegnen.«

»Eine Totenmesse wäre mir lieber...«

»Ich tue mein Möglichstes, verlassen Sie sich darauf.«

Während die zwei Schwestern und Sophie noch bei Tisch saßen, trafen die Arbeiter vom Bestattungsinstitut ein, um das Wohnzimmer mit schwarzem Stoff auszuschlagen. Sie mußten durch das Eßzimmer gehen, und Minuten später hörte man sie bereits hämmern.

»Sobald die Todesanzeigen geliefert werden, schreibst du die Adressen«, sagte Poldine zu ihrer Tochter. »Nimm die Namen aus dem grünen Heftchen. Seine Familie sollte man vielleicht auch benachrichtigen...«

Vernes hatte keine Mutter und keinen Vater mehr, aber eine Tante in Orléans, einige Vettern hier in der Gegend, von denen einer Landvermesser war, und eine in Ägypten verheiratete Schwester.

»Du brauchst dich nicht darum zu kümmern, Mama! Das erledige ich schon ...«

»Die Trauerkleidung ...«

»Ich gehe nachher zur Schneiderin ... Muß ich einen Schleier tragen?«

Diese Frage rief den Schwestern gewisse Tatsachen jäh in Erinnerung. Sie sahen einander unwillkürlich an, mit einer so spontanen Bewegung, daß beide verlegen wurden.

»Was meinst du, Mathilde?«

»Das kannst du halten, wie du willst«, sagte Mathilde und fixierte dabei das Tischtuch.

War Sophie nur Emmanuels Nichte, war der Schleier nicht unbedingt erforderlich. Wenn sie aber seine Tochter war ...

»Mir wäre es lieber, wenn du das entscheidest ...«

»Du wirst schon wissen, was du zu tun hast ...«

Am Ende entschied Sophie selbst:

»Da Geneviève nicht zur Beerdigung mitkommen kann, ist es besser, wenn ich in Volltrauer gehe ...«

Dank Poldine hatte man das Durcheinander, das eine solche Tragödie mit sich bringt, nicht länger als unbedingt nötig ertragen müssen. Was noch kam, war eher beruhigend und gehörte in den Bereich des beinahe Alltäglichen, fiel unter die banale Rubrik »Sterbefall«.

»Rufst du wegen der Todesanzeige bei der Zeitung an?«

Um den Wortlaut gab es eine kleine Diskussion. Sollte man schreiben: »Nach kurzer Krankheit verstorben« oder »In Gott entschlafen« oder …

Poldine kam auf »Plötzlich und unerwartet verstorben«, und mit diesem Text waren alle einverstanden.

Jacques war der einzige, der nicht wußte, wo er bleiben sollte. Anders als man es von ihm erwartet hätte, war er zutiefst bestürzt und wurde immer noch von plötzlichen Weinkrämpfen geschüttelt.

Seine Schwester war in ihrem Zustand nicht ansprechbar, und so begnügte er sich damit, sich an ihr Bett zu setzen und sie anzusehen. Dann sprang er plötzlich wieder auf, ging zu seinem Vater hinein und blieb, an die Wand gelehnt, lange bei ihm stehen.

Nachmittags um drei indes trieb ihn der Hunger in die Küche, und erst jetzt, unter vier Augen mit Elise, stellte er die ahnungsvolle Frage:

»Wie ist es überhaupt passiert?«

»Ich weiß nicht … Ich war beim Einkaufen …«

Die Todesanzeigen waren eingetroffen. Eine davon hatte man an die Haustür geheftet, und nun schrieb Sophie im Büro mit violetter Tinte die Adressen auf die Umschläge.

Gegen vier war man mit allem fertig. Die Leiche war hinuntergetragen und in dem mit schwarzem Tuch ausgeschlagenen Salon aufgebahrt worden, wo schon die ersten Blumengebinde mit den Visitenkarten von Lieferanten und Nachbarn aufgereiht waren. Alles war da, Kerzen, Weihwasser, der Buchsbaumzweig und sogar die Leute, die zaudernd, auf Zehenspitzen hereinkamen, sich der Bahre näherten und darauf warteten, sich wieder verziehen zu können.

Jacques hielt Totenwache. Zum Glück besaß er einen schwarzen Anzug. Daß er zu eng geworden war, machte nicht viel aus. Er drückte Hände, schneuzte sich, zerknüllte sein Taschentuch. Von Zeit zu Zeit hob er den Kopf und fragte sich, was sich wohl im Rest des Hauses abspielen mochte.

Mutter und Tante waren, da nun alles in geordneten Bahnen verlief, ins Atelier hinaufgegangen. Poldine hatte die Tür schon fast zugemacht, sie nach kurzem Zögern aber doch angelehnt gelassen, wie jemand, der eine Falle fürchtet.

Man mußte sich erst daran gewöhnen. Eine Zeitlang war dies noch Emmanuels Zimmer, und es war, als sei er noch nicht ganz fort.

»Lies das!«

Mathilde las, legte das Blatt auf den Tisch zurück und bemerkte:

»Von Jacques schreibt er kein Wort ...!«

»Er hat ihm immer mißtraut, das weißt du doch ... Ach, da wir gerade von Jacques sprechen, der Notar ist hiergewesen ... Er kommt wieder ... Ich hatte alle Mühe, ihn loszuwerden ... Anscheinend hat Jacques Blanche verführt ... Die Briefe, die er mir gezeigt hat, lassen kaum Zweifel ...«

Was machte es, daß drunten vorübergehend neutrales Territorium war! Hier oben führte das Lacroixsche Haus sein Eigenleben weiter, und der Beweis dafür war, daß Mathilde mit einem Anflug von Groll fragte:

»Wieso hat er das dir gesagt?«

»Weil du diejenige bist, die den Mann verloren hat, und er dich nicht zu belästigen wagte ...«

Ein wenig befangen standen sie herum. Sie waren noch nicht daran gewöhnt, sich in diesem Zimmer, das ihnen nach all den Jahren fremd, ja feindselig vorkam, frei zu bewegen. Irgendwann stand Poldine auf, ging zur hinteren Wand und drehte ihr Porträt um, das Mathilde mit verstohlenen Blicken gemustert hatte.

»Was hältst du davon?«

»Wovon?«

»Von alledem ...«

»Wenn du die Sache mit Jacques meinst ...«

Aber nein! Poldine meinte das Testament, und ihr Blick sagte es ziemlich deutlich.

»Ich weiß nicht recht ...«

Tatsache war, daß man vor allem zuerst einmal eine Bestandsaufnahme von all dem Kram machen mußte, mit dem das Atelier vollgestopft war. Bis dahin ließ sich überhaupt nichts sagen. Die Schwestern hatten seit achtzehn Jahren keinen Fuß mehr in diesen Raum gesetzt und blickten sich jetzt neugierig um.

Das Bild aus der Schule von Teniers stand noch auf der Staffelei, und auf dem Boden lagen weitere Bilder, die Kunsthändlern gehörten und zurückzugeben waren.

Die Gipsmasken an den Wänden waren kaum etwas wert, ja nicht einmal die zwei chinesischen Wachsmasken mit den langen Schnurrbärten.

»Hast du eine Vorstellung?«

Die schmiedeeiserne Laterne über dem Sofa und auch die Deckenlampe waren eingeschaltet.

»Bei ihm«, meinte Mathilde, »kann man nie wissen ...«

Das war es ja! Man wußte nicht, was er heimlich getrieben hatte. Es sah beinahe aus, als habe er diese Zeilen absichtlich so geschrieben, daß sie nichts weiter zu bedeuten schienen, auf eine bestimmte Art gelesen aber eine Art dumpfe Drohung enthielten.

Wieso nur sollte Emmanuel tot nützlicher sein als lebendig? Wie könnte der Kram im Atelier dem jungen Mädchen eines Tages eine Hilfe sein?

Helfen wobei? Finanziell?

»Wieviel, glaubst du, hat er verdient?« fragte Poldine, während sie den Vorhang an den großen Fenstern zuzog.

»Das weißt du so gut wie ich! Als wir geheiratet haben, brachte er es auf ungefähr dreitausend Francs im Monat. Damals beschlossen wir, daß er davon zweitausendfünfhundert zu den Haushaltskosten beisteuert und den Rest als Taschengeld und für seine Farben verwendet ...«

Nur hatte Emmanuel nie Rechenschaft über seine Einnahmen abgelegt! Er lieferte jeden Monat kommentarlos seine zweitausendfünfhundert ab, und was er bei Antiquitäten- und Kunsthändlern kassierte, war schwer festzustellen.

Was zum Beispiel hätte ihn daran hindern können, mit Bildern zu spekulieren?

Und wer weiß, ob er nicht seine eigenen Bilder verkaufte, all diese Dachlandschaften, die er wie besessen in einem fort produzierte?

»Ist die Schublade abgeschlossen?«

»Nein ...«

Poldine sagte nicht:

»Mach sie auf ...«

Aber Mathilde verstand, zögerte der Form halber einen Augenblick und zog die Schublade auf.

Nichts als Radiergummis, Bleistifte, ein Schwämmchen, Zeichenkohle und eine gelbe Tabakdose.

Instinktiv sahen sich die beiden Frauen gleichzeitig um, ob es nicht irgendein abschließbares Möbelstück gab.

»Was hat er heute nacht zu dir gesagt?«

»Ach, irgendwas ... Ich frage mich immer mehr, ob das nicht alles ein Racheakt war ...«

Der Selbstmord eingeschlossen!

»Er hat ja nicht von morgens bis abends gearbeitet«, überlegte Poldine. »Außerdem konnte er bei künstlichem Licht nicht malen. Womit hat er nur seine Zeit verbracht?«

In einem Regal standen ein paar Bücher, allerdings kaum mehr als zwanzig, und in siebzehn Jahren hätte Vernes sie auswendig lernen können!

»Ich bin fertig!« meldete da Sophie und kam herein. »Elise bringt die Todesanzeigen zur Post.«

Auch sie schien über die Atmosphäre im Atelier bestürzt. Verlegen sah sie sich um, und das Verhalten der beiden Frauen kam ihr sonderbar vor.

»Was tut ihr denn hier?«

»Wir unterhalten uns ... Laß uns allein!«

Und da ihre Tochter, ohne eine bestimmte Absicht, auf den Tisch zuging, schob Poldine das Testament unauffällig unter das Heft zurück.

»Laß uns bitte … Wir haben Entscheidungen zu treffen … Was macht Jacques?«

»Er ist im Totenzimmer … Die Kondolenzbesuche nehmen kein Ende … Er läßt fragen, ob man ihn nicht ablösen könnte …«

»Und seine Schwester?«

»Sie ist wach … Sie wimmert vor sich hin und betet … Sie möchte zu ihrem Vater hinuntergetragen werden, damit sie ihn vor der Sarglegung noch einmal sehen kann …«

»Wann wird der Sarg geliefert?«

»Morgen früh.«

»Was für einen hast du bestellt?«

»Eiche …«

Schweigen. Dann sagte Sophie mit gespielter Unbefangenheit:

»Na schön! Da ihr mich hier nicht haben wollt, gehe ich eben wieder …«

Man wartete, bis sie drunten war.

»Glaubst du, daß er hier im Atelier irgendwas versteckt haben könnte?«

»Was hat nur dieser Zettel zu bedeuten …«

Es war kalt, denn das Feuer im Ofen, den Vernes am Morgen zum letztenmal angeheizt hatte, war erloschen. Drunten auf der Straße sagte eine Frau zu ihren Kindern:

»Wartet hier auf dem Gehsteig! Ich bin gleich wieder da!«

Sie trat ins Haus, machte eine leichte Verneigung zu Jacques hin, schritt entschlossen auf den Tisch mit dem Weihwasser und dem Buchsbaumzweig zu. Stumm die

Lippen bewegend, deutete sie die rituelle Geste an, verharrte noch einen Augenblick und ging wieder.

Im Hause Crispin hatte man Blanche in ihr Zimmer eingesperrt, und nicht einmal ihre Schwester, die mit einem Anwalt verlobt war, durfte zu ihr.

»Was ist das für ein Heft?« fragte Poldine ihre am Tisch sitzende Schwester.

Mathilde schlug es auf und las den in Schönschrift geschriebenen Titel vor:

»Untersuchungen über die Goldene Zahl«

Keine von beiden verstand etwas. Die Heftseiten waren in einer kleinen, engen Handschrift beschrieben, mit violetter Tinte, wie sie alle im Haus benutzten. Nahezu auf jeder Seite waren schematische Zeichnungen zu sehen, komplizierte geometrische Figuren, da und dort auch Skizzen, das Oval eines Gesichts, eine Schulter, ein Bein.

»Nichts Besonderes ...«, seufzte Mathilde.

»Willst du mir immer noch nicht erzählen, was er heute nacht zu dir gesagt hat?«

»Das nützt jetzt auch nichts mehr ...«

»Hat er von mir gesprochen?«

»Weiß ich nicht mehr ...«

»Hat er nichts von Sophie gesagt?«

»Nein ... Ich glaube nicht ...«

Poldine stand ärgerlich auf.

»Na gut! Wenn du es mir nicht sagen willst ...«

Aber sie ging nicht, wie ihre Gebärde hatte vermuten lassen. Sie machte einen neuen Anlauf.

»Willst du deiner Tochter das Testament zeigen?«

»Das wird unumgänglich sein...«

»Sie ist imstande und nistet sich hier in diesem Zimmer ein, um es nicht mehr zu verlassen... Pst!«

Auf der Treppe ertönten Schritte, die Schritte von jemandem, der sich keine Mühe gab, unbemerkt zu bleiben. Zwei Stufen knarrten, wie immer. Im dunklen Treppenhaus zeichnete sich die Gestalt von Jacques ab, und als er in die Helligkeit trat, sah man, daß er sehr böse dreinblickte.

»Was führt ihr wieder im Schilde?« fuhr er die beiden schroff an.

»Zumindest könntest du ein bißchen mehr Respekt zeigen!« lautete die Antwort seiner Mutter.

Und er, mürrisch und ratlos:

»So bin ich nun mal! Was geht hier vor?«

Vielleicht war ihm aufgefallen, daß seine Mutter und seine Tante einen raschen Blick gewechselt hatten?

»Was geht hier vor?« wiederholte er lauter.

Er war mit seiner Geduld am Ende. Sie durften von ihm keine Freundlichkeit, keinen Respekt mehr erwarten. Er kochte vor Wut.

»Ihr wollt es mir also nicht sagen?« stieß er drohend hervor.

Mathilde schob ihm nur das Stück Papier hin. Er nahm es, las, las es ein zweites Mal, sah eine nach der andern lauernd an.

»Und?«

»Nichts...«

»Was habt ihr damit vor?«

Ob er vielleicht von sich aus vorschlagen würde,

dieses Blatt Papier, das zu einer Quelle von Komplikationen zu werden drohte, einfach verschwinden zu lassen?

»Da ist nichts zu machen ... Das alles gehört Geneviève ...«

Er ließ seinen Blick durch das Atelier schweifen und fügte höhnisch grinsend hinzu:

»Eine feine Erbschaft hat sie da gemacht!«

Um das Gespräch in eine andere Richtung zu lenken, fragte Poldine beiläufig:

»Hat Monsieur Crispin schon mit dir gesprochen?«

»Worüber?«

»Er ist heute morgen hiergewesen ...«

»Und?«

»Er hat mir die Briefe gezeigt ... Deine Briefe ...«

Er errötete so heftig, daß sein Gesicht wie verwandelt war. Er sah aus wie ein roher, kraftstrotzender Bauernbursche, und in seinen Augen funkelte der Zorn des in seinem Stolz verletzten Mannes.

»Meine Briefe?«

Er witterte eine Falle, denn er gehörte schließlich zur Familie und kannte sie gut genug.

»Es ist einer dabei, der alles sagt ...«

»Das geht nur mich etwas an ...«

»Wir müssen eine Entscheidung treffen ... Du kennst ja unsere Abmachung ... Wir haben dich studieren lassen, damit du dich, sobald ein Platz frei wird, selbständig machst und die Kanzlei drunten übernimmst ...«

Er sah trotzig zu Boden und gab keine Antwort.

»Ist es nicht so, Mathilde?«

Keiner kümmerte sich um Geneviève, die am ganzen Leib glühend, mit halbgeschlossenen Augen und tränenfeuchten Lidern betete und in ihren Fieberphantasien alles durcheinanderbrachte, die Muttergottes, das Portrait im schwarzgoldenen Rahmen und das bleiche Gesicht ihres Vaters.

»Gegrüßet seist du, Maria, voll der Gnaden... Meine süße Jungfrau Maria, bitte mach, daß Papa... Gegrüßet seist du... Ich flehe dich an, Papa... Ich, deine Tochter... Deine Tochter, die so allein ist und solche Angst hat... Jetzt und in der Stunde unseres Todes... Hilf mir, heilige Jungfrau, daß ich ihm bald nachfolgen kann...«

Oben im Atelier entschied Jacques:

»Darüber sprechen wir ein andermal...«

Das Handtuch, mit dem man die Strangulationsmale verdeckt hatte, war gegen einen weißen Seidenschal vertauscht worden. Die Kerzenflammen flackerten. Von Zeit zu Zeit wurden Blumen hereingebracht, und Sophie arrangierte sie am Fußende der Bahre.

Sie hatte Hunger und war zornig, weil sie immer noch nicht abgelöst wurde.

Sie hoffte, Elise würde vorbeikommen, damit sie sie hinaufschicken konnte, um jemanden zu holen.

Plötzlich fiel ihr ein:

»Ach, ich habe ganz vergessen, meinem Vater eine Todesanzeige zu schicken!«

Ihm, dem sanftmütigen Kantor Roland Desborniaux, der immer noch in der Schweiz lebte, in einem ausschließlich von Tuberkulosekranken bewohnten Dorf.

»Soll ich die Tür abschließen?« fragte Poldine ihre Schwester.

Sie standen zu dritt auf der Treppe, Poldine, Mathilde und Jacques.

»Ja, schließe ab.«

Mathilde wollte gerade die Hand ausstrecken und den Schlüssel nehmen, da fuhr Jacques dazwischen.

»Gib her!« sagte er in einem Ton, der beiden wie eine Drohung vorkam.

DRITTER TEIL

I

Sie hatte keine Angst. Ihr Gesicht war halb im Kopfkissen vergraben, die andere Hälfte zum größten Teil unter dem aufgelösten Haar verborgen, durch das sich ein kleines Lächeln hervorstahl.

Keiner ahnte, weshalb sie lächelte. Sie hätte eigentlich ganz erledigt sein müssen, denn sie war erneut fast eine Stunde lang untersucht worden, diesmal nicht von zwei, sondern von drei Ärzten, drei Männern, die sich mit ernsten Mienen über das junge Mädchen beugten.

Jetzt war nur noch der Arzt aus Paris bei ihr im Zimmer, der schon zweimal dagewesen war und immer aussah, als wolle er die Leute fressen.

»Ich möchte einen Augenblick unter vier Augen mit ihr sprechen«, hatte er gesagt, während die anderen hinausgingen.

Er machte die Tür zu, setzte sich finster und mürrisch hin, machte Kaubewegungen und fuhr sich immer wieder mit der Zunge über die Zähne. Das mußte ein Tick von ihm sein. Aber nein, es war kein Tick, denn nun kramte er gar einen Zahnstocher aus seiner Hosentasche hervor!

»Warum haben Sie sich in den Kopf gesetzt, nicht mehr zu laufen?«

Er hatte ihr diese Frage ganz unvermittelt gestellt, mit seinem Menschenfresserblick, und Geneviève mußte unter ihrem Haarvorhang wieder lächeln. Sie konnte doch nichts dafür, daß ihr Sonnenstrahl gerade jetzt ins Zimmer fiel und der Spatz beinahe den ganzen Vormittag auf den vom Bett aus sichtbaren Zweigen herumgehüpft war!

»Antworten Sie!«

»Ich habe es mir nicht in den Kopf gesetzt...«

»Na schön, dann stelle ich Ihnen die Frage anders: Wann haben Sie beschlossen, nicht mehr zu laufen?«

»Ich habe es nicht beschlossen...«

»Na schön«, sagte er wieder. »Wie Sie möchten. Wann wußten Sie, daß Sie nicht mehr würden laufen können?«

»Ich wußte es gleich, als ich hinfiel und nicht mehr aufstehen konnte. Aber daß irgendwas passieren würde, wußte ich schon vorher, auch wenn ich nicht wußte, was es war. Es war genau wie damals, als ich die Krämpfe hatte.«

»Visionen haben Sie nie gehabt?« fragte er boshaft und spielte dabei mit seinem Zahnstocher.

»Nein, Monsieur.«

»Und Stimmen hören Sie auch keine?«

»Nein, Monsieur.«

»Würden Sie auch nicht laufen, wenn im Haus Feuer ausbräche?«

»Ich weiß nicht... Ich glaube aber nicht, daß vor dem 25. Mai Feuer im Haus ausbricht.«

»Wieso vor dem 25. Mai?«

Mit jemand anderem hätte sie nie darüber gesprochen. Aber bei dem Menschenfresser machte sie sich einen Spaß daraus. Denn wer da vor ihr saß, war nicht einfach ein Mann. Nein, er repräsentierte die Gesamtheit der Männer, all jene, die sich für stark und gewitzt hielten und alle Genevièves wie kleine Mädchen behandelten.

»Weil ich am 25. Mai weggehen werde...«

»Wohin?«

»Weg für immer!« fuhr sie fort, den Blick zur Decke gerichtet.

Jetzt war es der große, kräftige, rauhe Kerl, der sich unbehaglich fühlte und nicht mehr wußte, wie er seine Beine hinstellen sollte.

»Was faseln Sie da?«

»Ich bin mir ja gar nicht sicher. Meiner Mutter und meinem Bruder brauchen Sie das nicht zu sagen...«

»Von wem haben Sie diese Prophezeiung?«

»Von niemandem... Schon seit Jahren bin ich überzeugt, daß ich mit achtzehn sterbe...«

»Warum gerade mit achtzehn? Warum nicht mit neunzehn oder mit sechzig?«

»Weil Odile auch mit achtzehn gestorben ist...«

Sie legte die Stirn in Falten, nicht nur, weil sie allmählich müde wurde, sondern auch, weil sie sich außerstande fühlte, ihm das näher zu erklären. Es war schon so lange her. Sie bereitete sich gerade auf die erste Kommunion vor. Damals war sie mit einem rothaarigen Mädchen namens Marthe befreundet.

Marthe hatte eine Schwester, Odile, die nicht rothaarig, sondern blond war, so blond, wie man es sonst nur bei kleinen Kindern sieht. Odile war bereits ein Mädchen und holte ihre Schwester jeden Tag an der Pfarrhauspforte ab. Sie nahm Marthe an die eine Hand und Geneviève an die andere.

Eines Morgens aber, wenige Tage vor der ersten Kommunion, kam Marthe nicht. Tags darauf erfuhr man, daß Odile schwer krank war, daß sie Typhus hatte, und einen Tag später war sie tot.

»Genau an ihrem achtzehnten Geburtstag!« hatten die Leute damals gesagt. Die Beerdigung war großartig gewesen, mit über hundert Mädchen, alle in Weiß; in der Kirche wurde gesungen, und die Leute weinten, als der Trauerzug vorbeikam.

»Ich sterbe auch an meinem achtzehnten Geburtstag!« hatte Geneviève damals gedacht.

Das war alles. Der Menschenfresser konnte so etwas natürlich nicht verstehen. Er machte immer noch Kaubewegungen – vielleicht käute er seine schlechte Laune wieder? Er erhob sich, ließ einen Seufzer hören und ging zu Doktor Jules und dem Arzt aus Le Havre ins Büro hinüber, das man ihnen für die Besprechung zur Verfügung gestellt hatte.

Denn die Phase der Beobachtung, der Untersuchungen und Analysen war nun abgeschlossen, und die Ärzte konnten ein sachkundiges Urteil abgeben.

Jacques war aus diesem Anlaß zu Hause geblieben und hielt sich zusammen mit seiner Mutter und seiner Tante im spärlich beleuchteten Salon auf. In ihren Trauerkleidern saßen sie alle drei steif und aufrecht da wie für ein Familienfoto.

Geneviève dagegen kuschelte ihren Kopf wohlig ins Kissen und betete:

»Jesus, Maria und Joseph...«

Sie hätte es auch vor dem Menschenfresser tun können, er hätte ohnehin nicht gewußt, worum es ging. Geneviève war ja selbst erst vor ein paar Tagen darauf gekommen.

Mit geschlossenen Augen wiederholte sie immer schneller:

»Jesus, Maria und Joseph...«

Sie durfte ruhig schnell sprechen, aber sie mußte ganz bei der Sache sein. Sie hielt einen Augenblick inne und rechnete:

»Zehn mal dreihundert Tage Ablaß macht dreitausend Tage...«

Sie öffnete halb die Augen, aber gerade nur so weit, daß sie zwischen den Wimpern hindurchspähen konnte. Trotz der Helligkeit, trotz der geblümten Tapete und dem schwarzgolden gerahmten Bild häufte sie immer weitere Ablässe an.

»Jesus, Maria und Joseph...«

Und diese Ablässe waren nichts Körperloses. Natürlich sah Geneviève sie nicht, wie man einen Menschen oder einen Stuhl sieht, aber sie waren da, um sie herum, und wurden immer mehr.

»Jesus, Maria und Joseph...«

Auch diese drei waren da, vor allem Jesus und Maria, denn vom heiligen Joseph hatte Geneviève nur eine verschwommene Vorstellung. Darum sagte sie seinen Namen auch nicht so schön wie die beiden anderen. Sie hatte ihn deswegen um Verzeihung gebeten:

»Heiliger Joseph, vergib mir. Ich weiß, du bist ein großer Heiliger und der Ziehvater von Jesus, aber wenn du neben ihm und der heiligen Jungfrau stehst, sehe ich nur noch diese beiden...«

Dabei verlor sie aber nicht den Faden ihrer Berechnungen, langte bei fünfzehntausend Tagen an, bei einundzwanzigtausend...

Sie hätte auch »Heiliges Herz Jesu« aufsagen und damit Tage sammeln können, wie viele, wußte sie nicht genau, vielleicht sogar noch mehr? Aber »Jesus, Maria und Joseph« war ihr Lieblingsgebet.

Hin und wieder vernahm sie die Stimmen der Ärzte, die im Büro diskutierten: Stimmen, die aus weiter Ferne kamen und unwirklicher waren als die sich immer weiter ansammelnden Ablässe, die nach und nach das ganze Zimmer füllten, weniger wirklich auch als der Schnurrbart und die Wangen ihres Vaters.

Denn sobald sie zu beten begann, war er da, immer in derselben Ecke, ein wenig unterhalb der Zimmerdecke. Das war das Fegefeuer, weshalb, das versuchte Geneviève gar nicht erst herauszufinden. Genausowenig wie sie zu verstehen suchte, warum jetzt er den Kopf nach links geneigt hielt, wo das früher doch Mathildes Eigenart gewesen war.

Sein Gesicht war wie ausgelöscht. Geneviève hatte schon oft versucht, es wieder zusammenzukriegen, aber es war ihr nicht gelungen. Nur der Schnurrbart, der ein wenig nach unten hing und seidiger denn je glänzte, war deutlich und lebendig, und die hochroten Bäckchen darüber und die Augen oder vielmehr der traurige Blick, denn die Augen sah sie eigentlich auch nicht.

»Jesus, Maria und Joseph...«

Der Spatz zwitscherte. Die Sonne hatte jetzt die Ecke des Spiegels erreicht. Der 25. Mai war noch fern, und Geneviève hatte Zeit, Ablaß auf Ablaß zu häufen, Hunderte, Tausende von Jahren, die ihr vom Fegefeuer erlassen würden, während der Menschenfresser drunten erklärte:

»Da ist nichts zu machen. Sie *will* nicht gesund werden.«

Bei diesen Worten ließ er seinen Blick durch den Raum schweifen, dann sah er wieder die drei schwarzgekleideten Gestalten an und hätte beinahe hinzugefügt:

»Vielleicht hat sie gar nicht so unrecht!«

Jedenfalls bereitete es ihm Vergnügen, Poldine mit seiner ganzen Wildheit zu fixieren und dabei laut und deutlich zu sagen:

»Macht zweitausend Francs!«

Zwischen Jacques auf der einen, seiner Mutter, Poldine und Sophie auf der andern Seite herrschte fast so etwas wie Frieden, nachdem es um ein Haar Krieg gegeben hätte, und das, nachdem sich das Haus gerade erst von Emmanuels Abgang erholt und wieder abgeschottet hatte.

Jacques hatte die Tür zum Atelier verschlossen und es sich zur Gewohnheit gemacht, den Schlüssel in seiner Hosentasche immer bei sich zu tragen. Notar Crispin, der am Tag der Beisetzung Gelegenheit gehabt hatte, einige Worte mit Poldine zu wechseln, hatte beschlossen, den jungen Mann bis zur bald zu treffenden endgültigen Entscheidung weiter in seiner Kanzlei zu beschäftigen.

Als Jacques eines Abends das ehemalige Refugium seines Vaters betrat, sah er einen Papierschnipsel auf dem Boden liegen. Er war sich fast sicher, daß am Abend zuvor an dieser Stelle noch nichts gelegen hatte.

Er hatte geschwiegen. Nachdem er die Tür wieder abgeschlossen hatte, schob er an einer Stelle, wo es nicht auffiel, eine Stecknadel zwischen Tür und Türpfosten.

Am nächsten Tag war die Nadel heruntergefallen, und Jacques ging schnurstracks ins Büro, wo sich Poldine und ihre Schwester aufhielten.

In seiner schwarzen Kleidung wirkte er noch sanguinischer und brutaler als sonst.

»Wer von euch hat einen Schlüssel?« fragte er ohne Umschweife.

Die beiden Schwestern sahen sich an, erkannten, daß es zwecklos war, sich herauszureden, und Poldine stand auf, ging seufzend zu ihrem Sekretär.

»Da hast du ihn ...«

Gleichzeitig beeilte sich Mathilde zu erklären:

»Der Schlosser hat ihn dagelassen, als er neulich die Tür aufmachen mußte ... Wir sind nur ganz kurz droben gewesen, um zu lüften ...«

In diesem Augenblick hätte es nur einer Kleinigkeit bedurft, und die beiden Lager wären aufeinander losgegangen. Vielleicht, wenn Jacques gezögert hätte?

Aber Jacques zögerte nicht, erhob keine Vorwürfe, suchte keinen Streit.

»Ich möchte, daß ihr beide mit hinaufkommt ... Sophie auch, wenn sie will ...«

Er schaltete alle Lampen an, schloß die Tür und setzte sich an seines Vaters Tisch.

»Wir machen jetzt eine Bestandsaufnahme von allem, was sich hier im Zimmer befindet. So kann in Zukunft jeder hineingehen, ohne sich verdächtig zu machen...«

Die beiden Schwestern zuckten nicht mit der Wimper. Jacques nahm einen Federhalter und ein Blatt Papier.

»Fangen wir mit den Bildern an... Sophie soll auf jeden Rahmen einen Zettel mit einer Nummer kleben.«

An jenem Abend arbeiteten sie bis ein Uhr nachts und machten dabei regelrechte Entdeckungen. So stellten sie zu ihrem Erstaunen fest, daß es nicht weniger als hundertdreiundvierzig kleine Gemälde gab, auf denen Dächer dargestellt waren.

Die Frauen trotteten von einem Ende des Ateliers zum anderen und stellten die inventarisierten Stücke rechts an die Wand.

»Sollen wir nicht lieber morgen weitermachen?« schlug Mathilde vor, der abends immer die Beine weh taten.

»Nein!« antwortete Jacques ruhig.

»Da ist noch eins!« meldete Sophie, die eifrig jeden Winkel durchstöberte.

»Jetzt kommen die Bücher an die Reihe...«

Glücklicherweise waren es nicht viele. Nachdem eine Nummer daraufgeklebt worden war und Jacques nachgesehen hatte, ob auch nichts zwischen den Seiten lag, stellte man sie an ihren Platz zurück.

»Und nun die Hefte...«

Es war nämlich eine ganze Serie von Heften zum Vorschein gekommen, ganz normale Schulhefte, alle gleich und alle voll mit Vernes' kleiner Handschrift und sonderbaren Skizzen.

»Das wäre geschafft!« hatte Jacques endlich erklärt. »Von nun an kann der Schlüssel steckenbleiben.«

Er hatte sie der Reihe nach angesehen. Bevor sie auf dem Treppenflur auseinandergingen, sahen sich auch Poldine und ihre Schwester an. Poldine wollte etwas sagen und hatte die Lippen bereits halb geöffnet. Doch dann merkte sie, daß Mathilde genau das gleiche dachte wie sie, und begnügte sich mit einem knappen:

»Gute Nacht!«

Als Jacques eins der Bilder zu Geneviève hinunterbrachte, seufzte sie nur:

»Armer Vater...«

Und bald wandte sie den Blick von dem kleinen grauen Ding ab, von diesen trübseligen, konturenlosen Dächern.

»Ich habe dir auch das erste Heft mitgebracht. Es gehört alles dir, das darf man nicht vergessen.«

Er hatte die erste Heftseite aufgeschlagen, auf der fein säuberlich die Überschrift stand:

»Untersuchungen über die Goldene Zahl«

Es war schon seltsam. Geneviève schien sich einfach nicht entschließen zu können, in dem Heft zu lesen. Oder vielmehr war es damit genau wie mit dem Bild: diese Hinterlassenschaften ihres Vaters interessierten sie nicht. Sie sah Jacques an, als frage sie sich, was er nur von ihr wolle.

»Soll ich es dir vorlesen?«

Sie wagte nicht nein zu sagen und hörte zerstreut zu.

»Es ist unbestritten, daß in allen Zivilisationen ein kleiner Kreis von Menschen, die wir die Eingeweihten nennen, ihr Leben der Suche nach der Goldenen Zahl gewidmet haben. Von den Ägyptern zu den Griechen, von den hethitischen Architekten bis zu Leonardo da Vinci haben weise Männer danach gesucht, einige mit Erfolg, wie uns gewisse geheime Botschaften beweisen, die in ihren Werken zu finden sind ...«

»Jacques!«

»Ja?«

»Was ist das, die Goldene Zahl?«

»Keine Ahnung ...«

»Hör zu! Lies zuerst alles durch und dann sagst du es mir ...«

Dann hatte sie nicht mehr davon gesprochen. Ihr Bruder fragte sie, ob er nicht einige Gemälde ihres Vaters in ihrem Zimmer aufhängen solle, aber sie murmelte:

»Nein. Die sind zu traurig ...«

Jacques, der das nicht begreifen konnte, war fast verärgert hinausgegangen.

Erst danach hatte die stillschweigende Aufteilung von Emmanuels Nachlaß stattgefunden.

Einem Außenstehenden hätte man schwerlich erklären können, worin diese Aufteilung bestand oder was eigentlich aufgeteilt wurde. Die Hausbewohner aber wußten Bescheid, und jeder hielt sich fortan an eine heimliche Übereinkunft, über die nie ausdrücklich gesprochen worden war.

Jacques hatte seiner Schwester angeboten, ihr die Hefte und Bilder zu bringen, und damit seiner Pflicht Genüge getan. Sie war selbst schuld, wenn sie ihm gar nicht zugehört hatte, weil sie immer in den Wolken schwebte und nichts als ihre Litaneien im Kopf hatte.

Auch Mathilde hatte sich verpflichtet gefühlt, ihrer Tochter zu sagen:

»Dein Vater hat dir alles vermacht, was sich in seinem Atelier befindet. Wir haben eine Liste aufgestellt. Ich lege dir eine Kopie davon in deinen Schrank. Wir versuchen jetzt herauszufinden, ob das Zeug überhaupt etwas wert ist...«

Geneviève hatte keine Regung gezeigt. Hatte sie vielleicht nicht einmal bis zum Ende zugehört?

Leere Stunden gab es nun nicht mehr. Der frühe Vormittag verlief wie eh und je, ganz mit kleinen Besorgungen ausgefüllt, doch sobald im Haus Ordnung herrschte, gingen Mathilde und Poldine ins Atelier hinauf, wo Sophie fast immer schon auf sie wartete.

»Geh nicht immer ohne uns hinauf!« ermahnte ihre Mutter sie jeden Tag.

Als wären sie eifersüchtig! Eifersüchtig, weil sie Emmanuels Atelier ein paar Stunden für sich hatte!

»Elise! Elise!« schallte es durch das Treppenhaus. »Bringen Sie Kohlen herauf!«

Früher hatte Vernes die Kohlen hinaufgeschleppt,

Feuer gemacht und es in Gang gehalten, den Ofen ausgeräumt und den Aschenkasten hinuntergebracht.

War es im Zimmer erst einmal warm geworden, verdichtete sich die Atmosphäre, wurde geradezu intim, von einer ganz besonderen Intimität, denn einer der Beteiligten, die Hauptperson, blieb unsichtbar.

»Lies das!«

Sophie, die bessere Augen hatte, las vor:

»Die Goldene Zahl ist die Grundlage aller Schönheit und wohl allen Lebens, so daß man behaupten kann, daß sie die Grundlage allen Reichtums ist.

Die großen Zivilisationen waren im Besitz dieses Geheimnisses und gingen unter, als sie es verloren.

In den Pyramiden finden sich Hinweise auf...«

Sophies Stimme war nur ein eintöniges Gemurmel. Manchmal ließ der Regen die Dächer glänzen wie auf gut der Hälfte der Bilder, die an den Wänden lehnten.

»Der Ursprung aller Dinge ist die Goldene Zahl, und diese verborgene Zahl ist...«

Sophie unterbrach sich und stellte fest:

»Dieser Abschnitt ist vor mindestens zehn Jahren geschrieben worden. Am Rand steht eine Bemerkung: ›Viève war Klassenbeste im Aufsatz.‹«

Solche Bemerkungen zogen sich durch sämtliche Hefte. Vernes hatte jeden Tag Eintragungen gemacht, Überlegungen zu verschiedenen Problemen zusammengetragen, Sentenzen, die er entweder irgendwo gelesen hatte oder die von ihm selbst stammten, und immer wieder kam er auf seine große Untersuchung über die Goldene Zahl zurück.

»Was ist das eigentlich genau?« fragte Poldine ungeduldig.

»Vielleicht erfahren wir es am Ende.«

»Was sind die Regeln des Praxiteles, des großen Leonardo und Dürers, wenn nicht die Suche nach der Goldenen Zahl, die bewirkt, daß alles Schönheit und Harmonie ist?

Berichtet uns da Vinci in seinen Notizen nicht darüber? Bekennt er nicht, daß er auf der Suche nach dem absoluten Schönen ist, nach der göttlichen Schönheit, der Schönheit, die unantastbar, durch nichts zu zerstören oder zu mindern ist?

So sehen wir zum Beispiel in den Skizzen von ...«

Und immer wieder Randnotizen:

»Manchmal kommt es mir vor, als ob Geneviève nicht von derselben Art ist wie wir anderen.«

Oder profanere Mitteilungen:

»Heute beim Zahnarzt gewesen. Ich werde einen Goldzahn kriegen.«

Oder auch:

»Jacques ist ein Lacroix.«

»Wenn ich die Häuserwände entlang durch die Straße gehe, erzittere ich bei der Vorstellung, was sich dahinter verbirgt...«

Poldine und Mathilde hörten zu, vielleicht in der Hoffnung auf aufschlußreichere Enthüllungen. Beeindruckt waren sie von Nebensächlichkeiten wie der erstaunlichen Vielzahl der Hefte, die von ameisenhaftem Fleiß zeugte. All diese winzigen, mit violetter Tinte geschriebenen Buchstaben hatte Emmanuel im Lauf der Jahre hinter der verschlossenen Tür seines Ateliers einen nach dem anderen zu Papier gebracht, so wie er immer wieder die eine Landschaft malte, die vor seinen Augen lag, das Panorama grauer Dächer mit dem ewig gleichen Glockenturm.

»Was meinst du, was es bedeutet? Er hat dir Malunterricht gegeben, da hat er dir doch sicher von der Goldenen Zahl erzählt...«

»Nein, Mama...«

»Du hast keine Ahnung, was es sein könnte?«

»Irgendein Hirngespinst wahrscheinlich«, seufzte Mathilde. »Er war wie seine Tochter, er träumte mit offenen Augen.«

Weshalb aber dann dieses Testament mit dem ausdrücklichen Hinweis, daß »alles, was sich in diesem Atelier befindet...«

Und worin, worin nur konnte es Geneviève eines Tages von Nutzen sein?

Nach dem Abendessen kam Jacques an die Reihe. Ihn ließen die Frauen allein hinaufgehen, vielleicht weil er sich damals am ersten Tag nicht gerade einnehmend gezeigt hatte, vielleicht auch, weil sie es für den Rest des Tages satt hatten.

Er kontrollierte sorgfältig, ob alles an seinem Platz war, machte sich Notizen, um sich zu bestimmten Punkten draußen Auskunft zu holen.

Auch er mußte das Feuer schüren. Obwohl er den Vater nach dessen Tod, als er dort auf dem Sofa lag, gar nicht gesehen hatte, blickte er nicht gern in diese Ecke. Immer wieder nahm er sich vor, die spanische Decke wegzuschließen, wagte es dann doch nicht und begnügte sich damit, seinen Stuhl in die andere Richtung zu drehen.

Zweimal kam in dieser Woche Monsieur Crispin und blieb lange mit Poldine und Mathilde im Büro. Diese Unterredungen waren alles andere als freundschaftlich. Mehrmals hörte man, wie der Notar mit seiner Fistelstimme Tante Poldines sonoren Alt zu übertönen versuchte.

Einmal kam Mathilde weinend herausgelaufen und flüchtete sich ins Zimmer ihrer Tochter.

»Was ist los?« fragte diese unschuldsvoll.

»Das verstehst du nicht... Er nützt die Situation aus... Er weiß, daß wir einen Skandal vermeiden wollen, und diktiert uns seine Bedingungen...«

»Was für Bedingungen?«

»Ach, laß mich... Das sind Dinge, von denen du nichts verstehst...«

Nach dem zweiten Besuch des Notars hatten die beiden Frauen miteinander zu reden. Einmütig stiegen sie zum Atelier hinauf, verschlossen Tür und Fenster. Es war das erste Mal, daß sie sich hierher zurückzogen, um ihre Angelegenheiten zu besprechen. Bisher war das Atelier ein reines Forschungsfeld gewesen. Mittlerweile aber hatten sie sich so daran gewöhnt, daß sie sich von nun an jedesmal hier niederließen, wenn sie schwerwiegende Probleme zu erörtern hatten.

Das Essen an diesem Abend verlief stürmisch. Nicht nur Jacques und seine Tante gerieten sich in die Wolle, auch Mathilde brach in Tränen aus, denn auf sie hörte man kaum.

»Gib zu, daß du ihm alle diese Bedingungen vorsagst...«

Jacques ließ sich nicht einschüchtern und ging schließlich hinaus, nachdem er absichtlich seinen Stuhl umgeworfen hatte, um geräuschvoll klarzumachen, daß er der Mann im Haus war.

Alles war ein wenig aus den Fugen. Man mußte sich umgewöhnen, neue Standpunkte beziehen, und doch lohnte es sich kaum, denn es war nur eine Übergangsphase. Schon in einem Monat würde eine Neue dasein, die man so gut wie gar nicht kannte, eine Siebzehnjährige mit blondem Haar und blauen Augen, um deren Gesundheit es nicht zum besten bestellt war.

»Nächsten Mittwoch gebe ich bei mir zu Hause ein erstes Diner«, hatte Notar Crispin bestimmt. »Das ist, wenn Sie so wollen, das Verlobungsessen, und in der Woche darauf lassen wir das Aufgebot aushängen...«

Kaltblütiger als eine Lacroix kümmerte er sich um Kleinigkeiten, an die sonst nur Frauen denken.

»An der Haustür muß eine elektrische Klingel angebracht werden, damit sich das Dienstmädchen meiner Tochter nicht jedesmal bemühen muß, wenn jemand zu Ihnen kommt ... Und ins Badezimmer gehört ein neues Fenster, damit es heller wird ...«

Ein Badezimmer! Und was sonst noch für Neuerungen! Er stellte Ansprüche, verfaßte eine ganze Liste von Forderungen, die nichts anderes als Bedingungen waren.

»Ich habe gedacht«, wagte Poldine einzuwenden, »daß ein gemeinsamer Haushalt in der ersten Zeit besser für das junge Paar wäre ...«

Von wegen! Schließlich war er ja bereit, sein Amt abzutreten! Die Lacroix' bezahlten einen hohen Preis. Dafür gab er seiner Tochter hunderttausend Francs Mitgift, allerdings in Wertpapieren, deren baldiger Verkauf nicht ratsam war.

Das Notariat sollte in die ehemalige Lacroixschen Kanzlei verlegt werden. Keine zwei Tage waren vergangen, da erschien Crispin bereits mit einem Bauunternehmer, um mit ihm die erforderlichen Umbauten zu besprechen.

Man konnte nur abwarten. Sophie tobte und warf ihrer Mutter wütend vor, sie lasse sich zuviel gefallen und opfere ihrem Neffen das ganze Haus.

»Wir müssen uns erst einmal mit Geduld wappnen, verstehst du das nicht?«

»Und dann?«

»Dann werden wir sehen ...«

Jedenfalls wurde das gesamte Erdgeschoß für Jacques, seine Kanzlei und seine Frau geräumt. Sie spielten sogar mit dem Gedanken, sich noch ein Zimmer im ersten Stock zu nehmen, denn sie hatten keinen Platz für eine Abstellkammer. Auch der Hof sollte ihnen gehören.

Die Lacroix' wurden in die oberen Stockwerke verdrängt, und sie zogen sich schon von sich aus so weit nach oben zurück wie möglich, in Vernes' Atelier, wo sie sich mit der Zeit so heimisch wie sonst nirgends fühlten.

Sie hatten eine kleine Veränderung vorgenommen. Tagelang hatten sie sich gefragt, was dem Raum nur fehle, und waren schließlich darauf gekommen, daß es keine Uhr darin gab.

Vielleicht hatte Vernes sich nicht um die Zeit gekümmert? Vielleicht hatte er immer seine Taschenuhr benutzt?

Im Eßzimmer stand eine große altertümliche Uhr mit einem schweren kupfernen Pendel. Da es das Eßzimmer in ein paar Wochen nicht mehr geben würde...

Die Uhr wurde ins Atelier hinaufgeschafft, und ihr Ticken und das blinkend auf und ab schwingende Kupferpendel erfüllten es mit neuem Leben.

»Monsieur Jaunie ist da...«, meldete Elise an diesem Nachmittag.

Ausgerechnet an einem Tag, an dem man sich nicht mit den Heften befaßte, sondern mit Jacques und seiner Zukünftigen. Aber darauf kam es nun auch nicht mehr an! Monsieur Jaunie, den Konservator des Museums, hatte man gebeten, einen Blick auf Emmanuels Bilder zu werfen.

Er war dick und gewichtig und streckte seinen Bauch

so weit vor, daß sein Kopf dadurch nach hinten rückte wie bei einer Pfauentaube.

Er führte seine kleine Schau vor, wie er es immer tat, betrachtete die Bilder aus der Nähe und aus der Ferne, mit offenen Augen und mit zusammengekniffenen Augen, ließ die Vorhänge zu- und wieder aufziehen, kratzte zum Spaß mit dem Fingernagel an der Farbe und ließ schließlich ein nichtssagendes Räuspern hören.

»Glauben Sie, daß sie etwas taugen?«

»Hm... äh... Hm...«

Man hatte vergessen, ihn seinen Mantel mit Samtkragen ablegen zu lassen, und da der Raum überheizt war, hatte der Konservator einen ganz roten Kopf bekommen.

»Dürfte ich Ihnen auch noch diese Hefte zeigen... Da es darin hauptsächlich um Kunst geht...«

»Wenn Sie sie mir mitgeben wollen...«

Das Heikle dabei war, ihm klarzumachen, daß dies wirklich nicht ging, weil Jacques so mißtrauisch war und die Hefte laut Testament nun einmal...

Also blätterte er ein wenig darin herum. Poldine dachte an das Gläschen Schnaps, und Sophie ging hinunter, um es zu holen. Mathilde ihrerseits dachte an den Mantel, so daß sich Monsieur Jaunie auf dem Sofa geradezu wohl zu fühlen begann, während die Frauen auf sein Urteil warteten.

»Ist es interessant? Hat es wirklich etwas zu bedeuten?«

»Äh... nun... Hm...«

Er verengte die Augen zu schmalen Schlitzen, wegen

des Zigarrenrauchs. Eine Stunde später saß er immer noch da. Und da es pünktlich zum Abendessen klingelte, sagte Poldine nach einem fragenden Blick zu ihrer Schwester:

»Darf ich Sie einladen, mit uns zu Abend zu essen? Da Sie ja Junggeselle sind ...«

Zum ersten Mal seit langem saß ein Fremder mit am Tisch. Eine Flasche Burgunder wurde aus dem Keller geholt, und Monsieur Jaunie trank sie fast allein aus.

»Sie müssen verstehen... Es ist schwer zu erklären... Zumal die Mystiker ohnehin kaum verständlich sind... Und soweit ich jetzt schon etwas sagen kann, war Vernes ein mittelalterlicher Mystiker, den es in unsere Zeit verschlagen hat...«

Jacques hörte ungerührt zu. Poldine belauerte ihn. Mathilde hielt den Kopf gesenkt, die Lippen fest aufeinander gepreßt.

»Ich möchte Sie nicht grundlos in Aufregung versetzen... Wenn Sie erlauben, lese ich nachher weiter, dann kann ich mich vermutlich genauer äußern...«

»Könnten seine Bilder etwas wert sein?«

»Sofern sie lanciert werden, durchaus... Was seine Ideen angeht, falls er sie wirklich zu Ende gedacht hat...«

Das Atelier erlebte an diesem Abend das seltene Glück, alle vollzählig versammelt zu sehen, und es war sogar jemand von draußen dabei, der Museumskonservator.

Sein Cognacglas stand immer in Reichweite. Er rauchte eine zweite Zigarre, die Poldine ihm ohne Zögern aufgenötigt hatte. Er las, bequem zurückgelehnt, nickte, schnitt Grimassen, lächelte und spielte seine Komödie weiter, während die ganze Familie mit Ausnahme von Geneviève um ihn geschart war und gebannt wartete.

»Nicht übel ... Sonderbar ... Na so was! Unglaublich!«

Er ließ sich nochmals die Bilder zeigen, denn mittlerweile hatte er genug Bedeutung gewonnen, um Sophie vom Sofa aus zu kommandieren:

»Gehen Sie ein Stück zurück ... Ja, so ... Neigen Sie das Bild schräg nach hinten ... Gut ... Stillhalten ...«

»Was halten Sie davon?«

»Wenn Sie mir einige der Bilder und die Hefte anvertrauen wollen ...«

Auch wenn man nicht zur Familie gehörte, spürte man, wie sich sofort Mißtrauen breitmachte.

»... und wenn jemand von Ihnen mit nach Paris kommen möchte ... Dann könnte man ...«

Am Ende war die Luft blau von Rauch und roch kräftig nach Alkohol.

»Sophie vielleicht ...«

»Dazu bräuchten wir wohl die Einwilligung von Geneviève«, gab Jacques zu bedenken.

»Geh zu ihr und frage sie.«

Er ging, setzte zu einer verlegenen Erklärung an, die sie unterbrach.

»Du willst Papas Bilder ausstellen? Aber Jacques, du weißt doch genau, daß sie nicht gut sind ...«

Sie sagte es in unschuldigem Ton, und er begann bestürzt vom Gedenken an ihren Vater, von Rache und Vergeltung zu reden.

»Tu, was du für richtig hältst ... Mir ist es gleich ...«

»Aber es gehört alles dir ...«

»Wenn ich dir doch sage, daß es mir gleich ist!«

Sie wollte möglichst schnell wieder allein sein, und er lief zu den anderen hinauf und verkündete:

»Sie ist einverstanden!«

Man redete noch eine Weile hin und her und beschloß am Ende, daß Sophie übermorgen mit Monsieur Jaunie nach Paris fahren sollte. Dann ging man hinunter. Mathilde schloß die Ateliertür ab, sperrte sie noch einmal auf, weil sie eine Lampe nicht ausgeschaltet hatte, und ging durch die Rauchschwaden, die sich im Zimmer ausbreiteten, wieder hinaus.

2

Weihnachten stand vor der Tür. Drunten hämmerten die Maurer wild gegen ein Stück Wand, wo sie eine Tür durchstoßen sollten. Mathilde, die in sich jeden Schlag widerhallen spürte, war mit dem Aufräumen in Genevièves Zimmer beinahe fertig.

»Du könntest mir eine große Freude machen, Mutter«, ließ sich Geneviève plötzlich vernehmen, nachdem sie Mathilde schon eine ganze Weile mit den Blikken verfolgt hatte.

»Ich höre.«

»Ich möchte gern, daß du mir eine Krippe kaufst... Eine ganz einfache, sie braucht gar nicht groß zu sein... Hauptsache, es sind kleine rosa und hellblaue Kerzen dabei...«

»Ich sehe mich gleich heute nachmittag danach um«, versprach Mathilde.

Sie war so schlapp, daß man hätte meinen können, sie brüte eine Krankheit aus. Lustlos beendete sie ihre Arbeit, vergewisserte sich, ob sie auch nichts vergessen hatte. Und just in diesem Augenblick sagte Geneviève:

»Ich frage mich, Mutter, was ihr tun werdet, Tante Poldine und du, wenn ich einmal nicht mehr da bin...«

Mathilde zuckte zusammen und stellte zu ihrer Überraschung fest, daß der Blick des jungen Mädchens ruhig und sanft, beinahe mitleidig war. Und so war es auch: Geneviève taten ihre Mutter und ihre Tante leid!

»Willst du uns denn verlassen?« versuchte Mathilde unbeholfen zu scherzen.

»Du weißt schon, was ich meine, nicht wahr? Dann werdet ihr ganz allein sein...«

»Rede keinen Unsinn, Viève!«

Es war kein Unsinn, und sie wußten es alle beide. Schon seit langem befiel Mathilde, wenn sie Genevièves Zimmer betrat, ein Unbehagen, ein Gefühl der Bedrükkung, das sie nicht vertreiben konnte und das ihr ganzes Verhalten unecht und gezwungen werden ließ.

Mit einem normalen Menschen steht man auf gleichem Fuß. Man unterhält sich mit ihm, kann ihm etwas vormachen, sich wehren, Beobachtungen anstellen oder ihn anschwindeln. Was aber sollte man mit einer Kranken reden, die von niemandem etwas erwartet, die völlig gleichgültig bleibt, wenn die Tür aufgeht, und einen nicht aus den Augen läßt, wenn man in ihrer Nähe ist?

In der letzten Zeit hatte Mathilde wenigstens ein Gesprächsthema.

»Sophie ist schon wieder nach Paris gefahren, diesmal allein. Alles ist arrangiert. Wir mieten einen hübschen Saal am Faubourg Saint-Honoré, und am 14. Januar wird die Ausstellung eröffnet.«

Mathilde wunderte sich, daß ihre Tochter keine Reaktion zeigte, wenn vom Werk ihres Vaters gesprochen wurde.

»Monsieur Jaunie schreibt das Vorwort zum Katalog. Allerdings fordert er dafür zehn Prozent vom Verkaufserlös. Zusammen mit den zehn Prozent, die die Galerie verlangt, macht das zwanzig Prozent...«

Geneviève träumte vor sich hin, lächelte den Engeln

zu, vielleicht auch den Ablässen, die sie mit der gleichen Gier sammelte wie ein Hund Brotstückchen, die er im Stroh seiner Hundehütte versteckt.

»Jesus, Maria und Joseph ...«

»Du wolltest in deinem Zimmer ja keins. Dein Bruder hat es mir gesagt.«

»Wenn es dir so wichtig ist, Mutter, dann nehme ich eins ...«

Am Nachmittag nieselte es, das Straßenpflaster glänzte feucht, und vor den Geschäften, deren Auslagen weihnachtlich geschmückt waren, drängten sich die Menschen. Mathilde trug ihren Witwenschleier, der ihr lästig war, und die Worte ihrer Tochter wollten ihr nicht aus dem Kopf.

Das Wetter war sicher auch mit daran schuld und diese tönende Leere im Haus, in dem die Maurer an der Arbeit waren, diese Stimmung, wie sie vor hohen Festtagen herrscht, die dicken Bäuerinnen, die vom Land gekommen waren, um Einkäufe zu machen, die Verkäuferinnen, die am Ende ihrer Kräfte waren und nicht mehr wußten, wo ihnen der Kopf stand, das Riesenangebot an Waren und Lebensmitteln.

»... wenn ich einmal nicht mehr da bin ...«

Ihre Mutter tupfte sich im Gehen die Augen mit dem Taschentuch ab. Nicht, daß die Augen feucht gewesen wären. Aber sie standen kurz davor, es zu sein, und Mathilde empfand echte Rührung. Der Beweis dafür war, daß sie sich vornahm, ihrer Tochter eine schöne Krippe zu kaufen.

Diese Aussicht stimmte sie vorübergehend etwas heiterer. Ja, sie würde ihrer Tochter eine große, prächtige Krippe mitbringen, eine mit Beleuchtung, die ihr unvergeßliche Freude bereiten würde. Mit gesenktem Kopf, den Schleier zurückgeschlagen, um besser zu sehen, fragte sie bald darauf den Verkäufer in einem Geschäft, in dem es nach lackiertem Holz und Linoleum roch:

»Und was kostet die im Schaufenster?«

»Achthundertfünfzig Francs, Madame...«

»Das ist viel zu teuer.«

»Dann gibt es noch die zu vierhundert...«

Sie konnte nicht anders. Ihre Rührung hatte nachgelassen. Mißmutig betrachtete sie die Krippen und stellte fest, daß sie aus nichts als hellem Holz, Pappe, Farbe und Gipsfiguren bestanden.

»Was haben Sie sonst noch da?«

»Selbstverständlich verkaufen wir auch alles einzeln... Diese Krippe hier ohne Zubehör kostet dreißig Francs; die Figuren dazu finden sie in der Abteilung nebenan.«

Sie entschied sich für diese Lösung. Als sie nach Hause kam, war ihre Stimmung noch düsterer als zuvor. Sie ging geradewegs ins Eßzimmer, denn die anderen saßen schon bei Tisch; während sie die Päckchen auf einen Stuhl legte, sagte sie:

»Ich habe für Geneviève eine Krippe gekauft. Sie ist so allein...«

Ihre Worte fanden keinen Widerhall, und so blieb ihr nichts anderes übrig, als zu essen wie alle anderen. Das Eßzimmer war das letzte Refugium im Erdgeschoß, außer der Küche der einzige Raum, in dem noch nicht mit dem Umbau begonnen worden war.

Man hatte die Gewohnheit beibehalten, schweigend zu essen, und Poldine verteilte immer noch die Suppe, streckte den Arm aus und drückte auf die elektrische Klingel, wenn Elise gebraucht wurde.

Ganz ohne Absicht sah Mathilde ihre Nichte heute aufmerksamer an als sonst und stellte fest, daß Sophie sich verändert hatte. Sie mußte sich die Lippen geschminkt haben, und sie hatte auch eine neue Frisur. Sie sagte vorerst nichts, merkte sich diese Beobachtungen für später vor und zuckte genau wie die anderen zusammen, als – man war gerade beim Dessert – die Türglocke durch die Diele schallte.

Man sah sich fragend an. Sophie blickte in die Runde, als wollte sie sagen:

»Was habt ihr denn?«

Dann fiel ihr ein, daß sie ja gar nichts wußten, und erklärte, so als sei es nicht weiter wichtig:

»Das ist Monsieur Jaunie. Er kommt mich abholen...«

»Dich abholen?« wiederholte ihre Mutter unwillkürlich.

»Wir wollen ins Kino gehen.«

Und sie stand auf, um Monsieur Jaunie entgegenzugehen, den Elise eingelassen hatte und der sich noch wichtiger nahm als vor einem Monat.

Jacques bemerkte von alledem nichts, denn er hatte es sich zur Gewohnheit gemacht, fast jeden Abend seine Verlobte zu besuchen.

Aber daß Sophie...

»Hier ist die Karaffe. Trinken Sie ein Gläschen, ich ziehe mir nur den Mantel an und setze meinen Hut auf...«

Der Hieb hatte gesessen. Poldine und ihre Schwester waren sprachlos. Sie bemühten sich sogar, dem Konservator zuzulächeln, und Poldine brachte nur ganz zaghaft heraus:

»Komm nicht zu spät nach Hause!«

Die Tür fiel mit einem Knall ins Schloß. Das Paar ging draußen an den Fenstern vorbei, und man hörte Sophie lachen.

Poldine stand auf. Mathilde tat es ihr nach. Es brannte ihr auf der Zunge, aber sie wartete lieber, bis sie im Büro waren. Und als sie sich dort gerade setzen wollten, schlug Poldine vor:

»Sollen wir nicht hinaufgehen?«

Das nahm alles Zeit in Anspruch. Poldine hatte sich eine Handarbeit mit hinaufgenommen und setzte ihr Lorgnon auf. Ihre Schwester beobachtete sie dabei.

»Was wolltest du vorhin sagen? Als wir aus dem Eßzimmer hinausgegangen sind, hast du den Mund aufgemacht...«

»Ach ja? Ich hab's vergessen...«

Das stimmte nicht, aber Mathilde hatte es sich überlegt und beschlossen zu schweigen.

In dieser Zeit, die man gerade durchmachte, war es nicht einfach, immer zu wissen, was man tun sollte. Die Umwälzungen waren zu tiefgreifend. Ein ganz neues Leben bahnte sich an, und scheinbar unwichtige Kleinigkeiten konnten später doch Bedeutung erlangen.

Auch diese Verabredung, die Sophie seelenruhig mit Monsieur Jaunie getroffen hatte, um mit ihm ins Kino zu gehen!

Sie hatten schon einige Minuten lang geschwiegen,

da fragte Mathilde, nicht ohne sich mit einem Blick auf ihre Schwester zu vergewissern, ob diese auch nicht log:

»Hat sie dir etwas davon gesagt?«

»Nein ... Sie hat es wohl vergessen ...«

Der Gegenschlag ließ nicht auf sich warten: wie du mir, so ich dir:

»Hat Jacques dir von seinen Plänen erzählt?«

»Von welchen Plänen?«

»Die Hochzeitsreise soll nach Italien gehen und einen ganzen Monat dauern ... Ich habe es vom Bauunternehmer gehört ...«

Das reichte für eine ganze Weile. Poldine strickte und zählte dabei leise die Maschen. Mathildes Augen glitten, ohne wirklich zu lesen, über die Seiten eines fünfundzwanzig Jahre alten Romans, den sie im Bücherregal ihres Mannes gefunden hatte.

Auf der Kinoleinwand hatten die Akteure unterdessen Zeit gehabt, ihr Leben aufzubauen und wieder zu zerstören. Hier im Atelier war man nur ein kleines Stück vorangekommen, nicht weiter als bis zum nächsten, beiläufig hingeworfenen Satz, der seinerseits wiederum nur als Aufhänger diente:

»Das Vorwort hat er noch nicht gebracht, oder?«

Die Rede war von Monsieur Jaunie, der sich gewissermaßen um Emmanuel Vernes' postumen Ruhm kümmerte.

»Noch nicht ...«

»Hat er dich nichts gefragt?«

»Dich etwa?« fragte Mathilde zurück.

»Nichts Wichtiges ... Er wollte nur wissen, wie er im

Privatleben war, ob er zerstreut war, ob er viel über seine Arbeit gesprochen hat und ob er öfters ein schwärmerisches Gesicht gemacht hat... Anscheinend sind all diese Einzelheiten nötig, um ein lebendiges Bild von ihm zu zeichnen...«

»Was hast du ihm erzählt?«

Sie warfen sich gewohnheitsmäßig einen raschen Blick zu.

»Ich habe ihm gesagt, daß Emmanuel ein wenig weltfremd war... Daß sich sein eigentliches Dasein in diesen vier Wänden abspielte...«

Nachdem dieser Schritt geschafft war, hieß es wieder abwarten, und Mathilde, die genau wußte, daß noch etwas nachkommen würde, hatte sich vor lauter Mißtrauen versteift.

Und da kam sie endlich, Poldines Frage, und zwar mit unerwarteter Schärfe:

»Was hat er gesagt, in der letzten Nacht?«

Schon mehr als einmal hatte sie dieses Thema umkreist, es aber nie so offen angesprochen. Mathilde mußte schlucken, und da fuhr ihre Schwester auch schon fort:

»Gib zu, daß er nur auf dich böse war, daß sich seine Vorwürfe allein gegen dich richteten...«

»Ich möchte nur wissen, was dich auf diese Idee gebracht hat!«

»Alles... Vor allem wäre er, wenn er mir etwas vorzuwerfen gehabt hätte, damit zu mir gekommen...«

»Ich sehe keinen Grund dafür! Du warst ja nicht seine Frau...«

»Du vielleicht?«

»Ich denke doch ...«

»Hör zu, Mathilde, es lohnt sich nicht, deswegen zu streiten. Es gibt gewisse Wahrheiten, die wir unter uns ruhig zugeben können. Du hast ihn nie geliebt. Du hast ihn genommen, weil du heiraten wolltest, und es ist reiner Zufall gewesen, daß er es war ...«

»Wohingegen du ...«

»Ich hatte von ihm nichts zu erwarten ...«

»Außer einer Gelegenheit, dich zu rächen! Du konntest es nicht ertragen, allein zu sein! Ich war verheiratet und du nicht! Ich hatte einen Mann, und du hattest keinen! Du hast bestimmt schon den Tag vorausgesehen, an dem du überflüssig sein würdest! Ja, so war es! Du kamst dir allmählich überflüssig vor! Ich hatte mich deinem Einfluß entzogen, und du bist absichtlich ständig hier im Atelier herumgelungert ... Behaupte bloß nicht, daß du ihn nicht selbst gebeten hast, dein Porträt zu malen!«

»Du bist blöd!«

»Ja, ich bin blöd, weil ich dich durchschaut habe! Ich kenne dich lange genug! Du bist nun einmal so, und daß du es jetzt schon wieder so machst, ist der Beweis dafür, daß ich recht habe. Monsieur Jaunie will dieses Vorwort schreiben, und du drängst dich vor, du sorgst dafür, daß er dir Fragen über Emmanuel stellt, als wäre nicht ich dafür zuständig ...«

»Du hast ihn zu seinen Lebzeiten genug gequält!«

»Und wer war daran schuld? Hätte ich ihn denn gequält, wenn ich euch nicht eng umschlungen hier entdeckt hätte, während ich noch von der Entbindung erschöpft war, und wenn mir nicht sofort klargewesen wäre, daß Sophie von ihm ist? Antworte mir! Antworte!«

Ihre Stimmen waren nicht lauter geworden. Sie sprachen in gedämpftem Ton, aber jede einzelne Silbe klang geschliffen scharf, und die Blicke taten das Ihre.

»Würdest du dich trauen, mir zu sagen, wann du seine Mätresse geworden bist?«

»Ja!«

»Dann sag's!«

»Vor dir!«

»Was?«

»Da staunst du, gell! Aber es ist die Wahrheit! Gewiß, Emmanuel ist deinetwegen in dieses Haus gekommen. Dich hat es ja so dringend nach einem Mann verlangt! Dir hat unsere Tante ihn als Heiratskandidaten geschickt. Aber verliebt hat er sich in mich, als er uns alle beide ein wenig kannte. Er wagte es dir nur nicht zu sagen. Er war ja mit dir verlobt. Alles war für die Hochzeit bereit. Es wäre peinlich gewesen, da noch die Braut zu wechseln...«

»Du lügst!«

»Nein, meine kleine Mathilde, ich lüge nicht. Und du spürst, daß ich nicht lüge. Heute nacht im Bett, wenn dir einige Einzelheiten wieder einfallen, wirst du es noch deutlicher spüren. Emmanuel fehlte der Mut, zu seiner Meinung zu stehen. Er hatte ständig Angst, jemandem weh zu tun. Er ließ die Dinge einfach laufen und wartete, daß sie sich von selbst einrenkten...«

»Schön, wie sie sich eingerenkt haben! Und bestimmt hat er dir, als er hörte, daß du ein Kind bekommst, den Rat gegeben, dir einen Mann zu suchen, einen, der den Mund hält, wenn möglich einen Schwindsüchtigen, damit man ihn in die Schweiz abschieben kann bis an sein Lebensende!«

»Das war meine Idee!«

»Und du hast gedacht, daß es so weitergeht, daß ihr für alle Zeit das wahre Liebespaar bleibt, während ich ...«

Da entgegnete Poldine mit einem durchdringenden Blick:

»Du hättest es an meiner Stelle genauso gemacht!«

Warum glaubte Mathilde die Stimme ihrer Tochter zu hören, die aus ihrem Bett, das den Worten einen geheimnisvollen Klang gab, zu ihr sprach:

»Ich frage mich, was du tun wirst, wenn ich nicht mehr da bin ...«

Und ihre letzten Worte vor allem:

»Dann seid ihr ganz allein, Tante Poldine und du!«

Sie sah ihre Schwester an und spürte die ungeheure Leere, die sie beide umgab. Sophie war im Kino. Jacques' Leben spielte sich schon jetzt in einem anderen Haushalt ab, mit einer anderen Familie, die er immer mehr als die seine betrachtete. Drunten wurden Wände eingerissen und die Möbel hinausgeschafft und in den ehemaligen Stallungen untergestellt.

»Poldine ...«

»Was? Habe ich nicht recht? Ist es nicht deine Schuld, daß er so gelitten hat?«

»Sei still!«

»Soll ich ...«

»Sei still ...«, wiederholte Mathilde mit Nachdruck und stand auf.

Sie ging im Atelier auf und ab. In einer Ecke stand das unvollendete Porträt ihrer Schwester, mit der Vorderseite zur Wand; doch auch ohne es zu sehen, hatte Mathilde es bis ins kleinste Detail vor Augen.

Sie kehrte zu Poldine zurück und musterte sie in natura, zehn Jahre älter, in einem schwarzen Kleid, mit einem Lorgnon auf der Nase und ihrem Strickzeug auf dem Schoß.

Etwas, das dem Mitleid sehr ähnlich war, erfüllte ihr Herz, aber es war kein Mitleid mit Poldine, kein klar bestimmbares Mitleid.

Was sie eben gefühlt hatte, als sie Poldine ins Gesicht sah, war das Alter, das ihrer Schwester und ihr eigenes, ihr gemeinsames Alter.

Erschrocken wickelte sie ihren Schal fester um die Schultern.

»Weshalb streiten wir uns nur so«, seufzte sie.

Zum zweitenmal an diesem Tag war ihr zum Weinen zumute, während Poldine auf ihre Frage mit einem Satz antwortete, der ihrem Kindheitsvokabular entstammte.

»Wer hat denn angefangen?«

»Du!«

»Nie im Leben. Du hast gesagt ...«

»Poldine!«

Jetzt weinte Mathilde richtig, mit kleinen Schluchzern, und verbarg ihr Gesicht. Ihre Schwester sah sie verdutzt an. Sie hätte sich nicht gewundert, wenn Mathilde sich die Augen mit Spucke angefeuchtet hätte, so wie sie es früher immer machten, um die Eltern zu erweichen.

»Reden wir nicht mehr davon«, lenkte sie ein. »Es ist besser so ...«

Aber Mathilde fragte, zur Wand gedreht:

»Was hat er dir über mich gesagt? Ja, was hat er dir wohl gesagt? Was habt ihr euch erzählt hier oben, ihr beiden, während ich ... während ich ...«

Nun stand auch Poldine auf, aber nicht, um im Zimmer auf und ab zu gehen. Sie nahm ihr Strickzeug, hob das graue Wollknäuel auf, das hinuntergefallen war, und wandte sich zur Tür, verließ das Zimmer und stieg würdevoll die Treppe hinab.

Als Mathilde sich mit schon wieder trockenen Augen umdrehte, war es zu spät. Das Atelier war leer. Nicht einmal die kleinen Bilder mit den Dächern waren mehr da, denn man hatte sie für die Ausstellung nach Paris geschickt, noch die Hefte, die man Monsieur Jaunie schließlich doch mit nach Hause gegeben hatte, damit er nach Belieben darin lesen und sein Vorwort schreiben konnte.

Wenn Poldine nie weinte, so weinte Mathilde nie lange. Sie schniefte noch zwei-, dreimal, stellte fest, daß sie kein Taschentuch hatte, und wischte sich das Gesicht mit der Hand ab.

Zum Lesen hatte sie keine Lust mehr. Sie hatte zu überhaupt nichts Lust, dabei mußte sie noch gut zwei Stunden herumbringen, bis es Zeit zum Schlafen war.

Einige Minuten waren vergangen. Sie wollte sich gerade wieder setzen, ging dann aber plötzlich auf das

Porträt ihrer Schwester zu und drehte es um, nicht aus Haß und auch nicht, um ihren Haß zu schüren.

Sie hatte das Bedürfnis, sich einen Lebensabschnitt in Erinnerung zu rufen und ihn für immer festzuhalten. Ja, diese Frisur trug Poldine damals und dieses rosafarbene Gewand, das gar kein richtiges Kleid war, sondern ein alter Morgenmantel. Es sollte ein rosa Kleid sein, so wollte es Emmanuel, doch ein solches gab es außer diesem verschossenen Morgenrock im ganzen Haus nicht.

Morgen früh mußte sie wieder zu Geneviève gehen, der man jetzt kaum noch ins Gesicht zu sehen wagte, so verwirrend war ihr Blick. Obwohl sie in ihrer Phantasiewelt lebte und nur als schwaches Echo vernahm, was sich im Haus abspielte, war es doch, als ob sie alles wüßte, alles ahne, als blicke sie in die Herzen.

Sie sprach nicht darüber. Solange man in ihrem Zimmer umherlief und aufräumte, wich dieses freundliche Lächeln, das sie aus Höflichkeit aufzusetzen schien, nicht von ihrem Gesicht. Sie wollte nicht zur Last fallen, ihrer Familie keinen Kummer bereiten.

»Seht ihr«, wollte sie mit diesem Lächeln sagen, »ich leide nicht, mir geht es sehr gut, ich bin glücklich, ihr braucht mich nicht zu bedauern ...«

Aber es besagte auch noch etwas anderes:

»Bedauernswert seid nur ihr ... Ihr regt euch sinnlos auf ... Ihr versteht überhaupt nichts ... Ihr tut euch ohne Grund weh, denn ihr wißt nicht zu leben ... Wenn ich einmal nicht mehr da bin ...«

Mathilde überkam plötzlich der heftige Wunsch, ihre Tochter zu sehen. Sie dachte nicht daran, daß

Geneviève schlief. Sie löschte die Lichter im Atelier, nachdem sie sich mit einem gewohnheitsmäßigen Blick vergewissert hatte, daß nichts herumlag und keine Brandgefahr bestand. Dann ging sie hinunter, lauschte eine Weile an der Tür und stieß sie schließlich auf.

Sie hatte noch kein Licht gemacht, da fragte schon eine leise Stimme:

»Bist du's, Jacques?«

Sie schaltete das Licht an und rief beinahe gehässig:

»Nein, es ist nicht Jacques! Ich bin's, deine Mutter! Darf ich dir jetzt nicht einmal mehr gute Nacht sagen?«

Geneviève vermochte ihre Enttäuschung nicht zu verbergen. Dennoch sagte sie, so höflich sie konnte:

»Gute Nacht, Mutter... Ich dachte, Jacques ist heimgekommen... Habe ich schon geschlafen?«

»Ich weiß nicht... Ich habe dir eine Krippe gekauft...«

»Ist sie schön? Warum hast du sie nicht mit heraufgebracht?«

»Es muß erst alles ausgepackt werden... Du bekommst sie morgen früh...«

Ihr Blick wurde hart.

»Woher weiß sie...«, fragte sie sich.

»... allein mit Poldine...«

Und wenn es noch schlimmer käme? Wenn sie ganz allein sein würde? Ganz allein!

»Hast du wieder deine Migräne, Mutter?«

»Nein... Ein bißchen...«

»Ist Sophie ausgegangen?«

»Sie ist im Kino. Wie fühlst du dich heute abend?«

»Wie immer...«

Natürlich!

Was hätte sie sonst noch sagen können? Da hätte sie schon zur Sache kommen müssen, keine Angst vor möglichen Offenbarungen haben dürfen. Sie hätte den Mut haben müssen auszusprechen, was sie am meisten bewegte:

»Gib doch zu, daß du mich nicht liebst und daß du das Wort ›Mama‹ nie über die Lippen brächtest! Gib zu, daß ich in deinen Augen immer die Böse gewesen bin ... Gib zu, daß dir dein Vater leid getan hat und daß du ihn, sobald du ein bißchen Lebenserfahrung hattest, als Opfer betrachtet hast ... Gib zu, daß es einer Drohung gleichkommt, wenn du zu mir sagst: ›Wenn ich einmal nicht mehr da bin ...‹«

»Was hast du, Mutter?«

»Nichts!

»Weshalb bist du gekommen?«

»Ich weiß nicht ...«

»Hast du nichts gehört?«

»Was denn?«

»Die Haustür ... Ja ... Das ist Jacques, er ist nach Hause gekommen ... Ich erkenne ihn an seinen Schritten ...«

Sie erkannte die Schritte von allen und teilte sie vermutlich in erfreuliche und unerfreuliche ein. Sie wünschte, ihre Mutter würde gehen, damit Jacques hereinkam und ein wenig bei ihr blieb ...

Er stieg die Treppe hinauf, wunderte sich wahrscheinlich, Licht unter der Tür zu sehen, machte sie halb auf.

»Hallo, Viève ...«

Da erblickte er seine Mutter und fügte hinzu:

»Du bist hier?«

Und so kam er gar nicht erst herein, begnügte sich mit einem »Gute Nacht, Mutter.«

»Du bist ja ganz bleich!« bemerkte Geneviève.

»Ach, es ist nichts weiter... Gute Nacht... Schlaf jetzt! Es wird Zeit...«

Sie beugte sich zu ihrer Tochter hinab, spitzte die Lippen wie einen Schnabel und gab ihr einen trockenen kleinen Kuß auf die Stirn.

»Nacht, Mutter!«

Im Büro brannte kein Licht mehr. Poldine war ins Bett gegangen. Aber sicher schlief sie nicht, sondern lauerte auf die Rückkehr ihrer Tochter, auf das Zuschlagen der Tür, die Schritte auf der Treppe.

Und Sophie würde ihr nicht gute Nacht sagen kommen. Sophie würde sich nicht die Mühe machen, auf Zehenspitzen hinaufzuschleichen. Sie würde trällernd in ihr Zimmer gehen, und dann würde man hören, wie sie sich eine halbe Stunde lang geräuschvoll ihrer Abendtoilette widmete, bevor sie sich auf die ächzende Matratze warf.

In ihrem Zimmer setzte sich Mathilde auf die Bettkante. Das Zimmer wirkte viel größer und leerer, seitdem nur noch ein Bett darin stand. Eine Kirchturmuhr schlug.

»Wenn ich einmal nicht mehr...«

Sie war nahe daran, noch einmal zu ihrer Tochter zu gehen, nur um sich zu vergewissern, daß sie nicht tot war, um ihr zu verbieten zu sterben.

Denn der Professor aus Paris hatte es gesagt, und

jetzt wurde es in seiner schrecklichen Bedeutung klar: Geneviève starb *absichtlich!*

Um sich zu rächen, um ihren Vater zu rächen, um Mathilde zu bestrafen...

»... *dann seid ihr ganz allein, Tante Poldine und du!*«

Jetzt war Mathilde weit davon entfernt zu weinen! Oder Rührung zu empfinden! Oder ihrer Schwester irgend etwas zu erklären!

Mit verbissenem Gesicht und starrem Blick legte sie sich ins Bett. Sie war eine Frau, die niemanden brauchte! Und es war vollkommen egal, daß Sophie und Monsieur Jaunie vor der Tür tuschelten!

3

Fast vier Monate lang spielte sich jeden Morgen der gleiche Kampf ab, der eigentlich gar kein Kampf war, denn nur einer der Gegner nahm bewußt daran teil.

Keiner konnte sich besser als Mathilde völlig lautlos einer Tür nähern, die Hand auf den Griff legen und behutsam daran drehen, so behutsam, daß man drinnen schon auf die Klinke starren mußte, um zu merken, daß sie sich bewegte. War der Riegel ganz niedergedrückt, schob sie ebenso langsam und leise die Tür auf, einen Spaltbreit zunächst nur, gerade genug, um hineinspähen zu können.

Und jedesmal waren Genevièves Augen schon zu diesem Zeitpunkt auf die Tür gerichtet! Sie erwartete sie! Und sie hatte bereits ihr traditionelles »Guten Morgen, Mutter« auf den Lippen.

Mathilde blieb nichts übrig, als den Kopf zu senken und ihre Leichenbittermiene aufzusetzen, das schmallippige Lächeln der Gottergebenen, die vom Leben immer nur benachteiligt worden ist.

»Guten Morgen, Viève ...«

Zu spät! Wieder war sie zu spät gekommen! Ein für andere Ohren kaum wahrnehmbares Knarren mußte ihre Tochter gewarnt haben, oder der Instinkt, den Kranke besitzen, war bei Geneviève so ausgeprägt, daß sie es vorausahnte, wenn die Mutter nahte.

So hatte sie Zeit, sich zu verstellen, sich mit Teilnahmslosigkeit zu tarnen, hinter der dennoch eine heimliche Freude zu erkennen war. »Du siehst mir noch blasser aus als gestern ...«

Mathilde sagte das nur, weil sie es genau wissen wollte und um dieses Leuchten in den Augen ihrer Tochter herbeizuführen, das für sie der Beweis war! Denn je schwächer Geneviève wurde, je mehr es mit ihrem Körper bergab ging, desto mehr schien sie innerlich zu jubeln!

»Den wievielten haben wir heute, Mutter?«

Mathilde hätte ihr so gern das Geständnis entlockt, daß sie absichtlich starb! Absichtlich, ja, um ihre Mutter zu bestrafen! Wenn sie es auch nicht zugab, so tat sie es doch durch ihre ungebührliche Freude kund, und ihre eigenen Worte hatten sie verraten:

»Wenn ich einmal nicht mehr da bin ...«

Stumm und ohne je ihr betrübtes Lächeln zu verlieren, huschte Mathilde auf ihren Filzsohlen, die nicht das leiseste Geräusch machten, durchs Zimmer. Auf dem Kaminsims stand, ein wenig angestaubt, immer noch die Weihnachtskrippe.

»Weihnachten ist vorbei, räumen wir sie weg –«

Doch darauf hatte Viève nur zynisch geantwortet:

»Das lohnt sich doch nicht, für die kurze Zeit ...«

Sie wußte alles! Man fragte sich, wer im Haus ihr so genau erzählen mochte, was vorging. Oder vielmehr fragte man sich, ob sie von ihrem Bett aus nicht vielleicht alles sehen und alles hören konnte. Sie sprach nicht darüber. Hin und wieder nur entschlüpfte ihr ein Wort, das bewies, daß sie über viele Dinge auf dem laufenden war.

»Hat Sophie sich gut amüsiert?« fragte sie zum Beispiel, dabei hatte niemand in ihrem Beisein erwähnt, daß Sophie ausgegangen war.

Und bei jeder Visite von Doktor Jules spielte sich die gleiche Szene ab. Mathilde wartete am Treppenabsatz schon auf ihn, blickte ihm in die Augen.

»Nun, wie sieht es aus? Es geht ihr schlechter, stimmt's?«

»Daß es ihr schlechter geht, kann man nicht sagen, aber es geht ihr auch nicht besser...«

»Ich sehe doch, daß sie noch schwächer ist...«

»Ja, das ist das richtige Wort. Sie wird unmerklich schwächer, ohne daß irgendein Organ angegriffen wäre. Sie bekommt nicht einmal mehr diese Krämpfe, die sie als Kind immer hatte...«

»Können Sie wirklich nichts tun?«

»Wenn sie keine Lust zu leben hat...«

Oh, wenn Mathilde Arzt gewesen wäre! Sie hätte ihre Tochter schon gezwungen zu leben! Mit allen Mitteln! Und Geneviève hätte gelebt, dort in ihrem Zimmer, und wäre ihrer Mutter zu Willen gewesen! Dann hätte sie sich nicht rächen können, wie sie es jetzt tat, indem sie langsam ihr Leben aushauchte, mit der Miene eines Opferlamms, das seinem Schlächter vergibt und noch für ihn zum Himmel betet!

Alles übrige, alles, was sich im Haus und anderswo abspielte, kümmerte Mathilde wenig.

Das ging jetzt nur noch Poldine etwas an, Poldine, die fähig war, sich gleichzeitig und mit der gleichen Verbissenheit um einen ganzen Haufen Dinge zu kümmern: um die Mieten, die sie erhöhen wollte, obwohl es gegen das Gesetz war, um Jacques und seine Frau, die in Kürze aus Italien zurückkehren sollten, um Jaunie, den sie am liebsten verklagt hätte.

Denn die Ausstellung in Paris hatte stattgefunden, und sie hatte viel Geld gekostet. Allein der Druck des Katalogs, nichts als ein endloses Vorwort von vierzig Seiten, auf handgeschöpftem Papier, war auf mehrere tausend Francs gekommen, und der Name Jaunie prangte darauf fetter als der von Vernes.

Die beiden Schwestern hatten nicht nach Paris fahren können: Jacques' Hochzeit stand kurz bevor, und man hatte genug andere Sorgen. So war Sophie hingefahren, Sophie, die sich immer mehr veränderte, die kam und ging, ohne um Rat zu fragen, und sich eine Dauerwelle hatte machen lassen!

»Es würde mich nicht wundern, wenn sie sich in diesen Monsieur Jaunie verknallt hätte«, hatte Mathilde dazu bemerkt.

»Sophie ist nicht die Frau, die sich in irgendwen verknallt!«

Gleichwohl fragte man sich, was sie in Paris zehn Tage lang in Gesellschaft des Konservators mit dem stattlichen Bauch gemacht hatte.

Nicht nur hatte man kein einziges Bild verkauft, es waren auch, obwohl Jaunie jede Menge Artikel in Aussicht gestellt hatte, alles in allem nur ein paar Zeilen in irgendeiner kleinen Wochenzeitung erschienen sowie eine nichtssagende Kritik in einer Kunstzeitschrift, die hinterher die Rechnung präsentierte.

Dafür fehlte bei der Rückkehr ein Dutzend Bilder.

»Ich mußte sie an einflußreiche Leute verschenken,

die dazu beitragen können, daß der Künstler bekannt wird...«

Poldine hielt Jaunie für vulgär. Sein Gesicht, das immer glänzte, mißfiel ihr, und sie fragte sich, wieso sie nicht gleich gespürt hatte, daß er ein Lüstling war. Schon die Art, wie er Sophie ansah, war der Mutter so peinlich wie ein unanständiges Wort. Allerdings sah Sophie ihn beinahe genauso an, mit einer Art Dankbarkeit.

Mathilde war das nicht entgangen, aber sie hatte genug mit ihrem eigenen Kampf zu tun. Sie hatte immer eine fixe Idee, eine Obsession gebraucht. So wie andere Leute eine Liebe durch eine neue Liebe ersetzen, so ersetzte sie einen Haß durch einen neuen Haß.

Als sie klein war, hatte man ihr gesagt:

»Hüte dich vor den Männern!... Laß dich nie auf der Straße ansprechen...«

Das sagt man zu allen kleinen Mädchen, und die meisten erschüttert das nicht weiter.

Mathilde dagegen hegte jahrelang Haß oder besser gesagt Mißtrauen gegen alle Männer. Denn Mißtrauen brauchte ihr Herz noch mehr als Haß.

Manchmal blieb sie an irgendeiner Straßenecke vor einem besonders beeindruckenden Mann stehen, einem mit stattlichem Schnauzbart, sah ihn hinterhältig an und dachte:

»Er wird es nicht wagen...«

Wenn er sie nicht bemerkte und einfach weiterging, lief sie ihm nach und pflanzte sich erneut vor ihm auf. Schon damals war es ihre Art, den Kopf zur Seite zu neigen und schief zu gucken. Zitternd sagte sie sich immer wieder:

»Er wird es nicht wagen ...«

Bis sie plötzlich von Panik ergriffen wegrannte, so schnell sie konnte, um der Mutter oder der Tante zu erzählen, ein Mann habe sie angesprochen, ihr Bonbons angeboten, sie aufgefordert, mit ihm zu gehen!

Was wäre wohl geschehen, wenn sie ihren Mann nicht mit Poldine im Atelier ertappt hätte? Welche fixe Idee wäre an die Stelle dieser ersten getreten?

Mathilde hätte sich wahrscheinlich selbst ein neues Haßobjekt erschaffen, aber das war gar nicht nötig gewesen. Der Zufall bescherte ihr eins, das ihren Bedürfnissen genau entsprach, einen Haß und ein Mißtrauen, die, auf tausenderlei Weise immer neu geschürt, achtzehn Jahre und länger überdauert hatten.

Nun, da Vernes tot war, rückte seine Tochter an seine Stelle, mit ihrem Blick, der einen verfolgte, mit ihrer Todessehnsucht, gegen die sich Mathildes ganzer Zorn richtete!

Wie wenig machte ihr dagegen Jacques' Heirat aus und die Tatsache, daß sich das junge Paar im ganzen Erdgeschoß einnistete!

Das war jetzt Poldines Sache, die für zwei litt, für zwei kämpfte, über das Treppengeländer gebeugt beim Feind spionierte und am Abend ihre Beute vor Mathilde ausbreitete.

»Sie sind schon wieder mit dem Auto weggefahren... Ich wette, vor zwei Uhr nachts kommen sie nicht zurück, genau wie letzte Woche ...«

Wenn sich die zwei Schwestern ins Atelier zurückzogen, so taten sie das nicht nur zum Spaß, sondern fast notgedrungen, denn auch im ersten Stock war alles auf den Kopf gestellt worden. Sämtliche Möbel aus dem Erdgeschoß waren dort aufgestapelt, und das Büro war jetzt zugleich Eßzimmer.

Auch Elise hatte nach oben umziehen müssen. Sie kochte in einer ehemaligen Abstellkammer und beanspruchte in der vollgestopften Wohnung viel mehr Platz als vorher, so daß sie ständig im Weg war.

Nur im Atelier war noch alles beim alten, und mit der Zeit hatte hier jede ihre festen Gewohnheiten angenommen. Poldines erste Worte lauteten stets:

»Wie geht es ihr?«

Und ihre Schwester, die diese Frage als Bosheit empfand, antwortete darauf mit einem säuerlichen Lächeln.

»Und wie steht es drunten?...«

Darüber zu sprechen war beinahe unmöglich. Dieser Aufgabe war nur Poldine gewachsen. Während sie nähte oder strickte, stieß sie knappe, aber vielsagende Sätze hervor.

»Das ist das zweite Mal, daß sie diese Woche ausgehen, und dreimal ist Besuch dagewesen...«

Nicht nur die Hausbewohner nahmen daran Anstoß, sondern die ganze Straße, in der nachts zu hören war, wie das Auto von Jacques, wenn nicht gar vier, fünf Autos seiner Gäste mit lautem Getöse angefahren kamen, umständlich einparkten und später wieder davonbrausten. Das Grammophon dudelte bis zwei Uhr nachts, und Blanche ließ den ganzen Tag das Radio spielen, sogar wenn sie in einem anderen Zimmer war und es gar nicht hören konnte.

Für ein Mädchen, das nach nichts aussah und um dessen Gesundheit, wie Poldine meinte, es nicht sonderlich gut bestellt sein konnte, war das schon ganz unerhört.

Manchmal kam sie Geneviève guten Tag sagen, und immer brachte sie ihr Süßigkeiten oder Blumen mit wie ein geladener Gast. Das war eben ihre Art. Kam eine der Tanten zu ihr hinunter, bestand sie darauf, sie wie eine Fremde in aller Form zu empfangen.

»Nehmen Sie doch bitte Platz. Wie nett, daß Sie uns besuchen kommen...«

Einmal hatte Poldine sie ganz deutlich zu Jacques sagen hören:

»Die alten Schreckschrauben sind wieder hiergewesen...«

Und Jacques hatte ohne jede Scham geantwortet:

»Wirf sie doch ein für allemal hinaus. Wenn du willst, sage ich es ihnen...«

Das schlimmste war, daß Sophie das Lager gewechselt hatte und an den Orgien drunten teilnahm, bei denen Champagner getrunken wurde, ohne daß es einen Anlaß dafür gab. Auch sie setzte sich abends ins Auto und fuhr mit einer ganzen Clique von Freunden nach Caen oder sogar bis nach Le Havre. Und wenn sie nach Hause kam, war nicht zu überhören, daß ihr Gang reichlich unsicher war.

»Hättest du solche Veränderungen für möglich gehalten?«

»Was hat sich verändert?«

»Alles... Seit Emmanuel tot ist...«

Himmel ja! Sein Tod war seine Rache gewesen! Und seine Tochter, die ihm nachgeraten war, würde sich auf die gleiche Weise rächen!

Es hatte ganz den Anschein, als steigere der Frühling, der die Bäume im Hof ausschlagen ließ, ihre Todessehnsucht noch! Sie genoß ihren Verfall. Ihr Gesicht wurde so durchscheinend blaß wie die Gesichter der Gipsheiligen im Quartier Saint-Sulpice. Und ihre Stimme klang zart wie die eines Engels.

Unaufhörlich lächelnd, stellte sie grausame Fragen, wie zum Beispiel diese:

»Was wird aus meinem Zimmer, wenn ich nicht mehr da bin?«

»Sei still!«

»Wieso? Ich bleibe nicht mehr lange, das weißt du doch... Nächste Woche wird es Zeit, den Priester zu rufen...«

»Still! Du redest dummes Zeug...«

»Aber nein! Bald werde ich bei Vater sein...«

Das war es! Zu ihrem Vater wollte sie! Und damit würden Mathildes Opfer alle beide erlöst sein!

»Du bist eine Egoistin! Du denkst nur an dich. Wenn du das christliche Nächstenliebe nennst...«

»Es ist doch wahr!«

Nicht ein einziges Mal hatte sie das junge Mädchen ertappen können, es nie anders als mit diesem immergleichen glückseligen Engelsblick angetroffen.

»Schwör mir, daß du den Priester benachrichtigen wirst...«

Mitte Mai war es soweit. Nachdem er den Fuß erst einmal ins Haus gesetzt hatte, erschien er natürlich jeden Tag und sagte immer wieder zu Mathilde:

»Ihre Tochter ist eine Heilige...«

»Ja, das ist wahr«, sagte sie seufzend und dachte:

»Eine Heilige, die ihre Mutter haßt und sich an ihr rächt...«

Am 24. Mai wurde drunten im Wohnzimmer getanzt. Das war der neueste Spleen von Blanche, die, wie der Arzt meinte, zu schwächlich war, um ein Kind zu bekommen, aber stundenlang rhythmisch auf und nieder hüpfte, nicht nur mit ihrem eigenen Mann, sondern auch mit Fremden.

Sophie, die immer so lebenshungrig aussah, war mit von der Partie, und es war zwecklos, sie am nächsten Morgen auszufragen.

»Wir haben uns vergnügt!« war ihre ganze Antwort.

Wollte man etwas über die Gäste erfahren, warf sie beiläufig hin: »Ach, ein paar Kumpels!«

Erst heute abend hatte Poldine zu ihrer Schwester gesagt:

»Ich habe Seidenunterwäsche in ihrem Schrank gefunden...«

Und nach langem Schweigen fügte sie hinzu:

»Ich habe noch Schlimmeres gefunden... Sie hat sich gewisse Hygieneartikel gekauft und versteckt sie ganz hinten in ihrer Schublade...«

Zweimal ging Mathilde hinunter und horchte an Genevièves Tür. Bevor sie schlafen ging, öffnete sie leise die Tür und bemerkte nichts Ungewöhnliches.

Und doch war es nächsten Morgen vorbei. Zuerst wollte sie es gar nicht glauben. Sie hatte behutsam den Türknopf gedreht, die Tür einen winzigen Spalt geöffnet und war zum ersten Mal nicht dem Blick ihrer Tochter begegnet.

»Guten Morgen, Viève«, hatte sie gesagt, diesmal als erste, schon leicht beunruhigt.

Dann war ihr klargeworden, daß Geneviève nicht schlief. Es war ihr so klar, daß sie sie nicht anzufassen wagte, um letzte Gewißheit zu haben, sondern gleich zu Poldine lief.

»Komm schnell ...«, stammelte sie. »Ich glaube ...«

Sie hielt sich weit vom Bett entfernt, während Poldine darauf zuging. Sie wollte nicht hinsehen. Sie weinte nicht, aber ihr Gesicht war weiß und hart wie Stein.

»Es ist vorbei«, sagte Poldine nur. »Sie muß sanft entschlummert sein ... Jedenfalls hat sie nicht gelitten ...«

Der Anblick ihrer Schwester machte ihr weit mehr angst, und während der Trauerrituale an diesem Todestag wuchs ihr Schrecken noch, so niedergeschmettert wirkte Mathilde.

Poldine kannte sie gut genug, um zu erraten, wann sie Theater spielte und wann nicht: Und jetzt nahm Mathilde buchstäblich niemanden wahr, sie hörte gar nicht, was man zu ihr sagte, und bewegte sich, als habe sie den Boden unter den Füßen verloren, mit verstörten Augen und so fest aufeinandergepreßten Lippen, daß sie nicht mehr zittern konnten.

Zwei-, dreimal machte sie den Mund auf, um mit eisiger Ruhe erschreckende Worte zu sagen.

»Wir müssen sie zu ihrem Vater ins Grab legen ...«

Später, als die Männer vom Bestattungsinstitut die Kerzen aufstellen wollten, fuhr sie ihnen dazwischen:

»Nein, keine weißen ... Nur rosa und hellblau ...«

Sie wußten nicht, was sie tun sollten, und sahen fragend zu Poldine.

»Tun Sie, was meine Schwester sagt«, meinte diese resigniert.

Die Beerdigung fand mit großem Trauergefolge statt, und Mathilde hielt sich kerzengerade.

Am Abend dann, als die beiden Frauen wieder allein waren und ihre Trauerkleidung abgelegt hatten, sah Mathilde ihre Schwester lange und eindringlich an, als versuche sie, sich über etwas klarzuwerden.

»Was hast du?«

»Nichts ...«

»Warum starrst du mich so an?«

»Ich starre dich nicht an ...«

»Laß uns hinaufgehen, ja?«

»Nein ...«

»Was möchtest du tun?«

»Nichts ...«

Sie glich einer seelenlosen Statue. Sie zog sich in ihr Zimmer zurück, und in dieser Nacht wachte Poldine sechsmal auf und ging jedesmal zur Tür ihrer Schwester, um zu horchen.

Am nächsten Tag kam sie hinzu, als Mathilde gerade die Tür zu Genevièves Zimmer aufmachen wollte.

»Geh nicht hinein ...«, riet sie ihr.

»Warum denn nicht?«

Sie ging ja nicht hinein, um zu weinen oder zu beten wie an einem Wallfahrtsort. Sie wollte aufräumen, ein paar Dinge holen, die woandershin gehörten.

Zwei, drei Tage vergingen, und Mathilde, die entsetzlich ruhig war, hatte immer noch diesen leeren

Blick. Die erste Etage war für die beiden Schwestern, die nichts mehr mit sich anzufangen wußten, jetzt zu groß.

Elise hatte eines Morgens mit geröteten Augen gekündigt, unter dem Vorwand, ihre Eltern wollten sie bei sich auf dem Land haben. Doch das stimmte nicht, man sah ihr an, daß sie Angst hatte.

Mathilde beschloß selbst zu kochen, bis man ein neues Dienstmädchen finden würde. Ihre Schwester protestierte zunächst, willigte aber schließlich ein und sagte sich, daß Mathilde dabei auf andere Gedanken kommen würde. Aber Mathilde sah vor ihren Töpfen genauso beängstigend aus wie damals, als sie von weitem das Bett anstarrte, in dem ihre tote Tochter lag.

Sophie, die kein Kind von Traurigkeit war, blieb den ganzen Tag außer Haus. Vielleicht weil einer von Jacques' neuen Freunden, einer der jungen Männer, die zum Tanzen kamen, Arzt war, hatte sie beschlossen, eine Ausbildung als Krankenschwester zu machen, und besuchte regelmäßig ihre Kurse.

Am siebten oder achten Tag beschloß Poldine, im Atelier Großputz zu machen. Anders als erwartet, hatte ihre Schwester nichts dagegen einzuwenden.

»Du kannst sogar die Bilder und Hefte verbrennen...«, sagte sie.

Diese Bilder und Hefte, mit deren Hilfe es Emmanuel nach seinem Tod gelungen war, für kurze Zeit ihr Interesse zu wecken, indem er sie glauben machte, er sei ein Genie gewesen!

Mit zwei Eimern, einem Schrubber und Putzlappen ging Poldine hinauf. Den ganzen Vormittag hörte man sie geräuschvoll hin und her gehen, gegen die Möbel stoßen und Gegenstände verrücken.

»Dort oben«, sagte sie beim Mittagessen, »werden wir uns in Zukunft schließlich am meisten aufhalten.«

Mathilde hörte notgedrungen zu, aber sie zeigte keinerlei Interesse für das, was man zu ihr sagte.

Gegen Abend, als es Zeit wurde, die Lampen anzuschalten, und Poldine mit dem Aufräumen beinahe fertig war, öffnete sie ganz mechanisch eine kleine Pappschachtel, die wohl einmal Zeichenfedern enthalten hatte. Das Schächtelchen hatte auf dem Boden gelegen, auf dem Haufen mit den Sachen zum Wegwerfen. Sie öffnete es, ohne sich etwas dabei zu denken, doch als sie darin einen kleinen weißen Umschlag fand und feststellte, daß dieser ein glänzendes gelbes Pulver enthielt, wußte sie sofort Bescheid.

Sie war auf den Arsenvorrat gestoßen, mit dem Vernes sie alle langsam und allmählich hatte vergiften wollen.

Nachdem Poldine ihren Fund unter der Tischlampe begutachtet hatte, schob sie ihn in ihr Mieder, ging in ihr Zimmer hinunter und hielt nach einem neuen Versteck Ausschau.

Während sie sich noch umsah, trat ihre Schwester ins Zimmer. Poldine hielt das Päckchen nicht in der Hand, und doch war ihr, als sei Mathildes Blick plötzlich nicht mehr so starr, als flackere darin etwas wie plötzliche Neugierde auf.

»Was machst du da?« fragte sie mit ausdrucksloser Stimme. »Das Abendessen ist gleich fertig ...«

»Ich komme sofort ... Ich wollte mir nur die Hände waschen.«

Es war nichts weiter geschehen. Beim Essen schien Mathilde genauso gleichgültig, genauso geistesabwesend wie an den anderen Tagen. Und doch hätte ihre Schwester schwören mögen, daß ihr Blick beinahe wieder so war wie früher.

»Hast du die Bilder verbrannt?«

»Nein! Ich habe sie auf den Speicher geräumt ...«

Als sie fertig gegessen und das Geschirr abgeräumt hatten, gingen sie hinauf. Mathilde setzte sich, wie sie es häufig tat, an den Schreibtisch und umfaßte mit beiden Händen ihre Stirn, denn sie litt oft an Kopfschmerzen.

»Morgen wird mein Pullover fertig«, sagte Poldine, um das Schweigen zu brechen.

Wieder verging eine Weile. Poldine hob die Augen nicht von ihrer Strickarbeit. Lautlos bewegte sie die Lippen, zählte die Maschen, drei rechts, zwei links.

Die Stirn in die Hände gebettet, den Kopf gesenkt, blickte Mathilde auf die grünliche Schreibtischauflage. Man sah ihr nicht an, ob sie nachdachte oder nicht.

Plötzlich jedoch schimmerten dort vor ihren Augen winzige weiße Körnchen. Nach und nach konzentrierte sich ihre Aufmerksamkeit darauf, und sie erkannte, daß die winzigen weißen Körnchen einen Streifen bildeten, so als habe ein nicht ganz dichtes Tütchen mit Puder auf dem Tisch gelegen.

»Ich frage mich, ob sie weiter Besuch empfangen werden, obwohl sie in Trauer sind ...«, sagte Poldine, immer weiterstrickend.

Sie erhielt keine Antwort, was sie nicht sofort beunruhigte. Sie waren beide an diese Gespräche mit langen Pausen zwischen den Antworten gewöhnt.

»Allerdings war Jacques ohnehin schon wegen seines Vaters in Trauer...«

Noch immer nichts. Jetzt erst hob Poldine den Kopf. Mathilde hielt ihre Stirn nicht mehr mit den Händen umfaßt. Mathilde war innerhalb von Minuten aus ihrer Erstarrung erwacht und wieder ein Mensch geworden.

Sie war ganz die alte, mit ihrem seitwärts geneigten Kopf, ihrem verstohlen umherspähenden Blick, ihren Lippen, die den Gegner immer mit einem blassen Lächeln zu täuschen suchten.

»Was hast du?«

»Ich? Was soll ich haben?«

Auch ihre Stimme klang nicht mehr so ausdruckslos. Sie hatte zu ihrem sanften, hinterhältigen Tonfall zurückgefunden.

»Ich weiß nicht... Du bist so komisch...«

»Findest du?«

Und Poldine suchte den Grund für diesen plötzlichen Wandel in dem, was sie gesagt hatte, denn an das weiße Pulver, das seine verräterischen Spuren auf der grünen Schreibunterlage hinterlassen hatte, dachte sie überhaupt nicht.

»Man könnte meinen, daß du mir böse bist...«

»Weshalb sollte ich dir böse sein? Hast du mir irgendwas getan?«

»Nein! Aber du könntest dir ja einbilden...«

»Was könnte ich mir zum Beispiel einbilden?«

»Ich kenne dich doch...«

»Du kennst mich schlecht, meine Ärmste... Du täuschst dich, genau wie die anderen...«

Das war die Mathilde von früher, so wie sie vor Genevièves Tod, ja sogar vor Emmanuels Tod gewesen war.

»Meinst du deinen Mann?«

»Alle...«

Sie hatte eine neue Feindin gefunden, eine neue Bedrohung, sie hatte wieder jemanden, dem sie nachschnüffeln, den sie hassen konnte.

Noch dazu war es ihre eigene Schwester, der Mensch, der sie am besten kannte, der über ihre Methoden genau im Bilde war, und das verzehnfachte ihr Vergnügen!

Poldine hatte beim Großreinemachen das Arsen gefunden. In den letzten Monaten hatten sie immer wieder darüber gesprochen. Sie hatten überlegt, wo Emmanuel das Gift versteckt haben mochte, und waren zu dem Schluß gekommen, daß er es vor seinem Tod weggeworfen hatte.

Mitnichten! Die Spuren auf der Schreibunterlage bewiesen das Gegenteil! Genauso wie die Unruhe von Poldine, deren Hände nicht mehr so gleichmäßig strickten!

Sie hatte nichts davon gesagt. War das nicht ein Zeichen, daß sie einen Hintergedanken hatte?

»Ich möchte bloß wissen, woran du denkst«, seufzte Poldine mit gespielter Gleichgültigkeit.

»Ich? An nichts.«

Doch nach einer angemessenen Spanne fügte sie hinzu:

»Ich frage mich, ob wir wirklich ein Dienstmädchen brauchen. Eine Putzfrau zwei-, dreimal die Woche für die grobe Arbeit würde genügen ...«

»Und wer soll kochen?«

Poldine hatte das mit soviel unwillkürlichem Erstaunen gefragt, daß sie beinahe rot geworden wäre, und ihre Schwester merkte es.

»Das mache ich selbst!« entschied Mathilde. »Ja, ich habe schon seit langem Lust zu kochen, so habe ich eine Beschäftigung ...«

Das stimmte nicht! Poldine wußte, daß ihre Schwester Küchengerüche nie hatte ausstehen können!

»Na«, dachte sie, »du hast doch irgendeinen Verdacht gegen mich!«

Und laut sagte sie:

»Wir könnten uns abwechseln ...«

Sie wußte genau, warum sie das sagte. Sie erwartete sich eine Bestätigung für das, was sie dachte.

»Nein! Wenn ich etwas mache, dann will ich es richtig machen!«

Sie sagten das alles in freundlichem Ton, als wollten sie sich gegenseitig eine Freude machen.

Geneviève war gerade erst aus dem Haus getragen worden, Geneviève, die gesagt hatte:

»Ich möchte wissen, was ihr tun werdet, Tante Poldine und du, wenn ich einmal nicht mehr da bin ...«

Nun, eine Woche hatte genügt, eine Woche der Leere, die sie aus der Bahn geworfen hatte. Die Erinnerung daran war so schrecklich wie die Erinnerung an einen Abgrund, in den man um ein Haar hinabgestürzt wäre.

Endlich kehrte das Leben zurück. Vertrieben aus dem Erdgeschoß, wo sie zu der Zeit, als man noch zu sechst am Tisch saß, die ganze Familie um sich scharten, vertrieben aus dem ersten Stock, aus dem Geneviève desertiert war, suchten sie Zuflucht droben im Atelier, wo sie nur noch zu zweit waren, zwei Frauen, zwei Lacroix' unter sich.

Der Feind konnte im Lauf der Jahre nach und nach ruhig weiter vordringen, bis vor die Pforte ihres Refugiums. Was machte ihnen das noch aus? Was machte es, daß auch der alte Crispin, inzwischen verwitwet und von seiner anderen Tochter, die mit einem Zahnarzt durchgebrannt war, im Stich gelassen, in der ersten Etage Wohnung nahm?

Und daß man eines schönen Morgens erfuhr, daß sich auch Sophie aus dem Staub gemacht hatte, mit einem Wanderschauspieler, der dreißig Jahre älter als sie war und ihr trotz ihres Klumpfußes eine Rolle versprochen hatte?

Und daß die ganze Stadt wußte, daß Blanche ihrem Mann Hörner aufsetzte und er sich das auch noch gefallen ließ?

Und daß Nicou dank seiner Ausdauer seinen Prozeß gewann und, wie er einst geschworen hatte, Besitzer des Chartrins-Hofs wurde?

Sie waren zu zweit, zwei Lacroix', und sie konnten weiterleben, denn sie konnten sich gegenseitig verdächtigen und hassen, sich verkniffen anlächeln, sich belauern, auf Zehenspitzen umherschleichen und lautlos Türen öffnen, um genau dann aufzutauchen, wenn der Gegner am allerwenigsten darauf gefaßt war.

»Was tust du da?«

»Nichts... Und du? Warum kommst du nicht zum Essen?«

»Ich habe schon gegessen!« erwiderte Mathilde.

»Im Stehen? In der Küche?«

»Wenn es mir gefällt...«

Und ihr Haß wurde um so stärker, um so dichter, um so erdrückender, um so schöner, je enger sie zusammenrücken mußten.

Stanley G. Eskin
Simenon
Eine Biographie

Aus dem Amerikanischen
von Michael Mosblech

Stanley G. Eskins Biographie stützt sich auf Gespräche mit Simenon, mit Verwandten, Freunden, Verlegern des Autors sowie auf das riesige, erst bruchstückhaft erschlossene Material des Simenon-Archivs in Lüttich.

»Eskin erzählt so anschaulich, als habe er von dem Gegenstand seiner Studien die einfache, farbige, spannende Erzählweise gelernt.«
Frankfurter Allgemeine Zeitung

»Mit dem Index, den zahlreichen Anmerkungen, der vollständigen Bibliographie der Werke und der Verfilmungen wird dieser Band sicher die große umfassende Biographie des Schriftstellers werden. Eskin hält auch mit persönlichen Urteilen nicht zurück; sein Buch verdient daher Aufmerksamkeit und Hochachtung.«
Die Welt, Bonn

»Ich konnte nie glauben, daß Simenon wirklich existiert. Seine ungeheure Produktion, mein immer neues Staunen über die Vollkommenheit seiner Erzählungen, die psychologische Genauigkeit seiner unendlich vielen Figuren, die Eindrücklichkeit der Landschaftsbeschreibungen vermittelten mir stets das Bild eines hinreißenden Schriftstellers, das aber so ungreifbar und unbestimmt blieb wie etwa das Bild des Frühlings, des Meeres, das Bild von Weihnachten – Bilder, die man mit Vergnügen und unbewußtem Wohlbehagen in sich aufnimmt und erlebt, ohne daß sie imstande wären, die Begriffe in ihrer Dinghaftigkeit und Identität vollständig zu verkörpern.« *Federico Fellini*

»Mit Sicherheit das umfassendste Werk, das je über mich geschrieben wurde.« *Georges Simenon*

Georges Simenon im Diogenes Verlag

● Romane

Brief an meinen Richter
Roman. Aus dem Französischen von Hansjürgen Wille und Barbara Klau. detebe 20371

Der Schnee war schmutzig
Roman. Deutsch von Willi A. Koch
detebe 20372

Die grünen Fensterläden
Roman. Deutsch von Alfred Günther
detebe 20373

Im Falle eines Unfalls
Roman. Deutsch von Hansjürgen Wille und Barbara Klau. detebe 20374

Sonntag
Roman. Deutsch von Hansjürgen Wille und Barbara Klau. detebe 20375

Bellas Tod
Roman. Deutsch von Elisabeth Serelmann-Küchler. detebe 20376

Der Mann mit dem kleinen Hund
Roman. Deutsch von Stefanie Weiss
detebe 20377

Drei Zimmer in Manhattan
Roman. Deutsch von Linde Birk
detebe 20378

Die Großmutter
Roman. Deutsch von Linde Birk
detebe 20379

Der kleine Mann von Archangelsk
Roman. Deutsch von Alfred Kuoni
detebe 20584

Der große Bob
Roman. Deutsch von Linde Birk
detebe 20585

Die Wahrheit über Bébé Donge
Roman. Deutsch von Renate Nickel
detebe 20586

Tropenkoller
Roman. Deutsch von Annerose Melter
detebe 20673

Ankunft Allerheiligen
Roman. Deutsch von Eugen Helmlé
detebe 20674

Der Präsident
Roman. Deutsch von Renate Nickel
detebe 20675

Der kleine Heilige
Roman. Deutsch von Trude Fein
detebe 20676

Der Outlaw
Roman. Deutsch von Liselotte Julius
detebe 20677

Die Glocken von Bicêtre
Roman. Neu übersetzt von Angela von Hagen. detebe 20678

Der Verdächtige
Roman. Deutsch von Eugen Helmlé
detebe 20679

Die Verlobung des Monsieur Hire
Roman. Deutsch von Linde Birk
detebe 20681

Der Mörder
Roman. Deutsch von Lothar Baier
detebe 20682

Die Zeugen
Roman. Deutsch von Anneliese Botond
detebe 20683

Die Komplizen
Roman. Deutsch von Stefanie Weiss
detebe 20684

Der Ausbrecher
Roman. Deutsch von Erika Tophoven-Schöningh. detebe 20686

Wellenschlag
Roman. Deutsch von Eugen Helmlé
detebe 20687

Der Mann aus London
Roman. Deutsch von Stefanie Weiss
detebe 20813

Die Überlebenden der Télémaque
Roman. Deutsch von Hainer Kober
detebe 20814

Der Mann, der den Zügen nachsah
Roman. Deutsch von Walter Schürenberg
detebe 20815

Zum Weißen Roß
Roman. Deutsch von Trude Fein
detebe 20986

Der Tod des Auguste Mature
Roman. Deutsch von Anneliese Botond
detebe 20987

Die Fantome des Hutmachers
Roman. Deutsch von Eugen Helmlé
detebe 21001

Die Witwe Couderc
Roman. Deutsch von Hanns Grössel
detebe 21002

Schlußlichter
Roman. Deutsch von Stefanie Weiss
detebe 21010

Die schwarze Kugel
Roman. Deutsch von Renate Nickel
detebe 21011

Die Brüder Rico
Roman. Deutsch von Angela von Hagen
detebe 21020

Antoine und Julie
Roman. Deutsch von Eugen Helmlé
detebe 21047

Betty
Roman. Deutsch von Raymond Regh
detebe 21057

Die Tür
Roman. Deutsch von Linde Birk
detebe 21114

Der Neger
Roman. Deutsch von Linde Birk
detebe 21118

Das blaue Zimmer
Roman. Deutsch von Angela von Hagen
detebe 21121

Es gibt noch Haselnußsträucher
Roman. Deutsch von Angela von Hagen
detebe 21192

Der Bürgermeister von Furnes
Roman. Deutsch von Hanns Grössel
detebe 21209

Der Untermieter
Roman. Deutsch von Ralph Eue
detebe 21255

Das Testament Donadieu
Roman. Deutsch von Eugen Helmlé
detebe 21256

Die Leute gegenüber
Roman. Deutsch von Hans-Joachim Hartstein. detebe 21273

Weder ein noch aus
Roman. Deutsch von Elfriede Riegler
detebe 21304

Auf großer Fahrt
Roman. Deutsch von Angela von Hagen
detebe 21327

Der Bericht des Polizisten
Roman. Deutsch von Markus Jakob
detebe 21328

Die Zeit mit Anaïs
Roman. Deutsch von Ursula Vogel
detebe 21329

Der Passagier der Polarlys
Roman. Deutsch von Stefanie Weiss
detebe 21377

Die Katze
Roman. Deutsch von Angela von Hagen
detebe 21378

Die Schwarze von Panama
Roman. Deutsch von Ursula Vogel
detebe 21424

Das Gasthaus im Elsaß
Roman. Deutsch von Angela von Hagen
detebe 21425

Das Haus am Kanal
Roman. Deutsch von Ursula Vogel
detebe 21426

Der Zug
Roman. Deutsch von Trude Fein. detebe 21480

Striptease
Roman. Deutsch von Angela von Hagen
detebe 21481

45° im Schatten
Roman. Deutsch von Angela von Hagen
detebe 21482

Die Eisentreppe
Roman. Deutsch von Angela von Hagen
detebe 21557

Das Fenster der Rouets
Roman. Deutsch von Stefanie Weiss
detebe 21558

Die bösen Schwestern von Concarneau
Roman. Deutsch von Ingrid Altrichter
detebe 21559

Der Sohn Cardinaud
Roman. Deutsch von Linde Birk
detebe 21598

Der Zug aus Venedig
Roman. Deutsch von Liselotte Julius
detebe 21617

Weißer Mann mit Brille
Roman. Deutsch von Ursula Vogel
detebe 21635

Der Bananentourist
Roman. Deutsch von Barbara Heller
detebe 21679

Monsieur La Souris
Roman. Deutsch von Renate Heimbucher-Bengs. detebe 21681

Der Teddybär
Roman. Deutsch von Ingrid Altrichter
detebe 21682

Die Marie vom Hafen
Roman. Deutsch von Ursula Vogel
detebe 21683

Der reiche Mann
Roman. Deutsch von Stefanie Weiss
detebe 21753

»... die da dürstet«
Roman. Deutsch von Irène Kuhn
detebe 21773

Vor Gericht
Roman. Deutsch von Linde Birk. detebe 21786

Der Umzug
Roman. Deutsch von Barbara Heller
detebe 21797

Der fremde Vetter
Roman. Deutsch von Stefanie Weiss
detebe 21798

Das Begräbnis des Monsieur Bouvet
Roman. Deutsch von H.J. Solbrig
detebe 21799

Die schielende Marie
Roman. Deutsch von Eugen Helmlé
detebe 21800

Die Pitards
Roman. Deutsch von Ingrid Altrichter
detebe 21857

Das Gefängnis
Roman. Deutsch von Michael Mosblech
detebe 21858

Malétras zieht Bilanz
Roman. Deutsch von Irmgard Perfahl
detebe 21893

Das Haus am Quai Notre-Dame
Roman. Deutsch von Eugen Helmlé
detebe 21894

Der Neue
Roman. Deutsch von Ingrid Altrichter
detebe 21895

Die Erbschleicher
Roman. Deutsch von Renate Heimbucher-Bengs. detebe 21938

Die Selbstmörder
Roman. Deutsch von Linde Birk. detebe 21939

Tante Jeanne
Roman. Deutsch von Inge Giese. detebe 21940

Der Rückfall
Roman. Deutsch von Ursula Vogel
detebe 21941

Am Maultierpaß
Roman. Deutsch von Michael Mosblech
detebe 21942

Der Glaskäfig
Roman. Deutsch von Stefanie Weiss
detebe 22403

Das Schicksal der Malous
Roman. Deutsch von Günter Seib
detebe 22404

Der Uhrmacher von Everton
Roman. Deutsch von Ursula Vogel
detebe 22405

Das zweite Leben
Roman. Deutsch von Ingrid Altrichter
detebe 22406

Der Erpresser
Roman. Deutsch von Linde Birk
detebe 22407

Die Flucht des Monsieur Monde
Roman. Deutsch von Barbara Heller
detebe 22408

Der ältere Bruder
Roman. Deutsch von Ingrid Altrichter
detebe 22454

Doktor Bergelon
Roman. Deutsch von Günter Seib
detebe 22455

Die letzten Tage eines armen Mannes
Roman. Deutsch von Michael Mosblech
detebe 22456

Sackgasse
Roman. Deutsch von Stefanie Weiss und Richard K. Flesch. detebe 22457

Die Flucht der Flamen
Roman. Deutsch von Barbara Heller
detebe 22458

Die verschwundene Tochter
Roman. Deutsch von Renate Heimbucher
detebe 22459

Fremd im eigenen Haus
Roman. Deutsch von Gerda Scheffel
detebe 22473

Das Haus der sieben Mädchen
Roman. Deutsch von Helmut Kossodo
detebe 22501

Der Amateur
Roman. Deutsch von Helmut Kossodo
detebe 22502

Das Unheil
Roman. Deutsch von Josef Winiger
detebe 22503

Die verlorene Stute
Roman. Deutsch von Helmut Kossodo
detebe 22504

Der Witwer
Roman. Deutsch von Linde Birk
detebe 22505

Der Stammgast
Roman. Deutsch von Josef Winiger
detebe 22506

Die Beichte
Roman. Deutsch von Michael Mosblech
detebe 22554

Hochzeit in Poitiers
Roman. Deutsch von Ingrid Altrichter
detebe 22555

Der Schwager
Roman. Deutsch von Renate Heimbucher
detebe 22556

Schwarzer Regen
Roman. Deutsch von Stefanie Weiss und Richard K. Flesch. detebe 22557

Das ungesühnte Verbrechen
Roman. Deutsch von Renate Heimbucher
detebe 22558

Sieben Kreuzchen in einem Notizbuch
Zwei Weihnachtsgeschichten. Deutsch von Michael Mosblech. detebe 22559

● Maigret-Romane und -Erzählungen

Weihnachten mit Maigret
Zwei Romane und eine Erzählung: Maigret und der Weinhändler / Weihnachten mit Maigret / Maigret hat Skrupel. Deutsch von Hainer Kober, Hans-Joachim Hartstein und Ingrid Altrichter. Leinen

Maigrets erste Untersuchung
Roman. Deutsch von Roswitha Plancherel
detebe 20501

Maigret und Pietr der Lette
Roman. Deutsch von Wolfram Schäfer
detebe 20502

Maigret und die alte Dame
Roman. Deutsch von Renate Nickel
detebe 20503

Maigret und der Mann auf der Bank
Roman. Deutsch von Annerose Melter
detebe 20504

Maigret und der Minister
Roman. Deutsch von Annerose Melter
detebe 20505

Mein Freund Maigret
Roman. Deutsch von Annerose Melter
detebe 20506

Maigrets Memoiren
Roman. Deutsch von Roswitha Plancherel
detebe 20507

Maigret und die junge Tote
Roman. Deutsch von Raymond Regh
detebe 20508

Maigret amüsiert sich
Roman. Deutsch von Renate Nickel
detebe 20509

Hier irrt Maigret
Roman. Deutsch von Elfriede Riegler
detebe 20690

Maigret und der gelbe Hund
Roman. Deutsch von Raymond Regh
detebe 20691

Maigret vor dem Schwurgericht
Roman. Deutsch von Wolfram Schäfer
detebe 20692

Maigret als möblierter Herr
Roman. Deutsch von Wolfram Schäfer
detebe 20693

Madame Maigrets Freundin
Roman. Deutsch von Roswitha Plancherel
detebe 20713

Maigret kämpft um den Kopf eines Mannes
Roman. Deutsch von Roswitha Plancherel
detebe 20714

Maigret und die kopflose Leiche
Roman. Deutsch von Wolfram Schäfer
detebe 20715

Maigret und die widerspenstigen Zeugen
Roman. Deutsch von Wolfram Schäfer
detebe 20716

Maigret am Treffen der Neufundlandfahrer
Roman. Deutsch von Annerose Melter
detebe 20717

Maigret bei den Flamen
Roman. Deutsch von Claus Sprick
detebe 20718

Maigret und das Schattenspiel
Roman. Deutsch von Claus Sprick
detebe 20734

Maigret und die Keller des Majestic
Roman. Deutsch von Linde Birk
detebe 20735

Maigret contra Picpus
Roman. Deutsch von Hainer Kober
detebe 20736

Maigret läßt sich Zeit
Roman. Deutsch von Sibylle Powell
detebe 20755

Maigrets Geständnis
Roman. Deutsch von Roswitha Plancherel
detebe 20756

Maigret zögert
Roman. Deutsch von Annerose Melter
detebe 20757

Maigret und die Bohnenstange
Roman. Deutsch von Guy Montag
detebe 20808

Maigret und das Verbrechen in Holland
Roman. Deutsch von Renate Nickel
detebe 20809

Maigret und sein Toter
Roman. Deutsch von Elfriede Riegler
detebe 20810

Maigret, Lognon und die Gangster
Roman. Deutsch von Wolfram Schäfer
detebe 20812

Maigret und der Gehängte von Saint-Pholien
Roman. Deutsch von Sibylle Powell
detebe 20816

Maigret und der verstorbene Monsieur Gallet
Roman. Deutsch von Roswitha Plancherel
detebe 20817

Maigret und der Treidler der ›Providence‹
Roman. Deutsch von Claus Sprick
detebe 21029

Maigrets Nacht an der Kreuzung
Roman. Deutsch von Annerose Melter
detebe 21050

Maigret hat Angst
Roman. Deutsch von Elfriede Riegler
detebe 21062

Maigret gerät in Wut
Roman. Deutsch von Wolfram Schäfer
detebe 21113

Maigret verteidigt sich
Roman. Deutsch von Wolfram Schäfer
detebe 21117

Maigret erlebt eine Niederlage
Roman. Deutsch von Elfriede Riegler
detebe 21120

Maigret und der geheimnisvolle Kapitän
Roman. Deutsch von Annerose Melter
detebe 21180

Maigret und die alten Leute
Roman. Deutsch von Annerose Melter
detebe 21200

Maigret und das Dienstmädchen
Roman. Deutsch von Hainer Kober
detebe 21220

Maigret im Haus des Richters
Roman. Deutsch von Liselotte Julius
detebe 21238

Maigret und der Fall Nahour
Roman. Deutsch von Sibylle Powell
detebe 21250

Maigret und der Samstagsklient
Roman. Deutsch von Angelika Hildebrandt-Essig. detebe 21295

Maigret in New York
Roman. Deutsch von Bernhard Jolles
detebe 21308

Sechs neue Fälle für Maigret
Erzählungen. Deutsch von Elfriede Riegler
detebe 21375

Maigret in der Liberty Bar
Roman. Deutsch von Angela von Hagen
detebe 21376

Maigret und der Spion
Roman. Deutsch von Hainer Kober
detebe 21427

Maigret und die kleine Landkneipe
Roman. Deutsch von Bernhard Jolles und Heide Bideau. detebe 21428

Maigret und der Verrückte von Bergerac
Roman. Deutsch von Hainer Kober
detebe 21429

Maigret, die Tänzerin und die Gräfin
Roman. Deutsch von Hainer Kober
detebe 21484

Maigret macht Ferien
Roman. Deutsch von Markus Jakob
detebe 21485

Maigret und der hartnäckigste Gast der Welt
Sechs Fälle für Maigret. Deutsch von Linde Birk und Ingrid Altrichter. detebe 21486

Maigret verliert eine Verehrerin
Roman. Deutsch von Ingrid Altrichter
detebe 21521

Maigret in Nöten
Roman. Deutsch von Markus Jakob
detebe 21522

Maigret und sein Rivale
Roman. Deutsch von Ingrid Altrichter
detebe 21523

Maigret und die schrecklichen Kinder
Roman. Deutsch von Paul Celan
detebe 21574

Maigret und sein Jugendfreund
Roman. Deutsch von Markus Jakob
detebe 21575

Maigret und sein Revolver
Roman. Deutsch von Ingrid Altrichter
detebe 21576

Maigret auf Reisen
Roman. Deutsch von Ingrid Altrichter
detebe 21593

Maigret und die braven Leute
Roman. Deutsch von Ingrid Altrichter
detebe 21615

Maigret und der faule Dieb
Roman. Deutsch von Stefanie Weiss
detebe 21629

Maigret und die verrückte Witwe
Roman. Deutsch von Michael Mosblech
detebe 21680

Maigret und sein Neffe
Roman. Deutsch von Ingrid Altrichter
detebe 21684

Maigret und Stan der Killer
Vier Fälle für Maigret. Deutsch von Inge Giese und Eva Schönfeld. detebe 21741

Maigret und das Gespenst
Roman. Deutsch von Barbara Heller
detebe 21760

Maigret in Kur
Roman. Deutsch von Irène Kuhn
detebe 21770

Madame Maigrets Liebhaber
Vier Fälle für Maigret. Deutsch von Ingrid Altrichter, Inge Giese und Josef Winiger
detebe 21791

Maigret und der Clochard
Roman. Deutsch von Josef Winiger
detebe 21801

Maigret und Monsieur Charles
Roman. Deutsch von Renate Heimbucher-Bengs. detebe 21802

Maigret und der Spitzel
Roman. Deutsch von Inge Giese. detebe 21803

Maigret und der einsame Mann
Roman. Deutsch von Ursula Vogel
detebe 21804

Maigret und der Messerstecher
Roman. Deutsch von Josef Winiger
detebe 21805

Maigret hat Skrupel
Roman. Deutsch von Ingrid Altrichter
detebe 21806

Maigret in Künstlerkreisen
Roman. Deutsch von Ursula Vogel
detebe 21871

Maigret und der Weinhändler
Roman. Deutsch von Hainer Kober
detebe 21872

Maigret in Arizona
Roman. Deutsch von Wolfram Schäfer
detebe 22474

● Erzählungen

Der kleine Doktor
Erzählungen. Deutsch von Hansjürgen Wille und Barbara Klau. detebe 21025

Emil und sein Schiff
Erzählungen. Deutsch von Angela von Hagen. detebe 21318

Die schwanzlosen Schweinchen
Erzählungen. Deutsch von Linde Birk
detebe 21284

Exotische Novellen
Deutsch von Annerose Melter. detebe 21285

Meistererzählungen
Deutsch von Wolfram Schäfer u.a.
detebe 21620

Die beiden Alten in Cherbourg
Erzählungen. Deutsch von Inge Giese und Reinhard Tiffert. detebe 21943

● Reportagen

Die Pfeife Kleopatras
Reportagen aus aller Welt. Deutsch von Guy Montag. detebe 21223

Zahltag in einer Bank
Reportagen aus Frankreich. Deutsch von Guy Montag. detebe 21224

● Biographisches

Intime Memoiren und
Das Buch von Marie-Jo
Aus dem Französischen von Hans-Joachim Hartstein, Claus Sprick, Guy Montag und Linde Birk. detebe 21216

Stammbaum
Pedigree. Autobiographischer Roman
Deutsch von Hans-Joachim Hartstein
detebe 21217

Simenon auf der Couch
Fünf Ärzte verhören den Autor sieben Stunden lang. Deutsch von Irène Kuhn
Mit einer Bibliographie und Filmographie und 43 Abbildungen. detebe 21658

Hans Werner Kettenbach im Diogenes Verlag

Minnie
oder Ein Fall von Geringfügigkeit
Roman

Es sollte eine Urlaubsreise werden. Die Geschäfte in Nashville waren abgeschlossen, nun wollte Wolfgang Lauterbach ausspannen, eine Woche lang durch den Süden der USA bummeln. Aber in dem Motel am Highway gerät er in eine rätselhafte Geschichte. Leute, die er nie zuvor gesehen hat, trachten ihm nach dem Leben, sie verfolgen ihn durch Tennessee und Georgia.

»Ein Thriller, den man nach der Lektüre nicht so leicht vergessen wird und der sich getrost mit den besten Romanen der Schweden Sjöwall/Wahlhöö, des Engländers Jack Beeching oder des rebellischen Südafrikaners Wessel Eberson vergleichen läßt.« *Plärrer, Nürnberg*

»Ein Glücksfall – Hans Werner Kettenbach auf der Höhe seiner Kunst.« *Die Zeit, Hamburg*

Hinter dem Horizont
Eine New Yorker Liebesgeschichte

In Manhattan begegnen sich die Amerikanerin Nancy Ferencz und der Deutsche Frank Wagner. Nancy fühlt sich angezogen und zugleich irritiert von diesem Europäer, der sich für New York begeistert und den Atlantik überquert hat wie einst Millionen von Einwanderern: in der Hoffnung, den Horizont der alten Welt hinter sich zu lassen und endlich das Zentrum des Lebens zu finden.

»Natürlich gibt es heute wie früher Journalisten, die sich aufs Erzählen verstehn: H.W. Kettenbach beispielsweise mit seinem Liebesroman *Hinter dem Horizont.*« *Süddeutsche Zeitung, München*

Sterbetage

Roman

»Es gilt eine Geschichte von hoher erzählerischer Qualität vorzustellen: Kettenbach entfaltet in behutsamer Weise das Ereignis einer ›unmöglichen Liebe‹ zwischen einer jungen Frau und einem alternden Mann. Alles in dieser Geschichte ist unauffällig, passiert ohne große Worte. Kettenbach erzählt in einer eigenartigen Mischung von Sprödigkeit und Zartheit, von Humor und Melancholie, aber immer auf erregende Art glaubwürdig. In diesem Buch, das sich so wenig ambitiös gebärdet, steckt viel: Es ist ein Buch über die Trauer des Alterns, ein Buch über das Sterben, aber in erster Linie doch wohl ein Buch über das Lieben in einer Zeit, die das große Gefühl verbietet, auch wenn sie von Toleranz und Freiheit spricht. Und daß Liebe Fesseln sprengt, lehrt diese Begebenheit einer ›unmöglichen Beziehung.‹« *Neue Zürcher Zeitung*

Schmatz oder Die Sackgasse

Roman

Uli Wehmeier, Texter in einer Werbeagentur, gerät – scheinbar unaufhaltsam – in eine bedrohliche Lage, seine Existenz ist in Frage gestellt. Zu der Krise in seiner Ehe kommen Probleme bei der Arbeit: durch die Schikanen des neuen Creative Directors Nowakowski fühlt er sich immer stärker eingeengt und abgewürgt. Wehmeier, dessen Phantasie sich in der Werbung sowohl für Hundefutter wie für den Spitzenkandidaten einer politischen Partei bewährt, reagiert auf seine Art, er spielt mit dem Gedanken an einen Mord.

»Schon lange hat niemand mehr – zumindest in der deutschen Literatur – so erbarmungslos und so unterhaltsam zugleich den Zustand unserer Welt beschrieben. *Schmatz* – ein literarisches Ereignis.«
Die Zeit, Hamburg

Der Pascha

Roman

»Obwohl der Autor auch dieses Buch mit einer tatsächlich fast unerträglichen Spannung ausgestattet hat, ist es weit mehr geworden als ein geschickt gebauter Psycho-Thriller. Mir scheint der Vergleich mit Strindberg nicht aus der Luft gegriffen. Wie Martin Marquardt, unter Zuhilfenahme aller Beweise, kalte Logik über menschliche Regungen obsiegen läßt, das ist nicht nur ungemein faszinierend und trotz aller abstoßenden Überspitzung glaubhaft – es ist ja auch, weit über den Gegenstand des Romans hinaus, erhellend für unsere immer mehr dem technischen Zweckdenken verfallende Epoche.«
Stuttgarter Zeitung

»...sehr exakt, richtig bis ins letzte Detail.«
Neue Zürcher Zeitung

Der Feigenblattpflücker

Roman

Faber ist freier Feuilletonjournalist. Nebenbei arbeitet er als Lektor für einen kleinen Verlag. Eines Tages gerät ihm ein Manuskript in die Hände, das nach einem Schlüsselroman aussieht: Da packt einer aus, ein Insider der politischen Szene, und berichtet Skandalöses über allerhöchste Regierungskreise. Faber beginnt zu recherchieren, erst unauffällig, dann immer dreister, je sicherer er sich seiner Sache fühlt.

»Ein beweglicher ›Weiterschreiber‹ nicht nur der Nachkriegsgeschichte, sondern der Geschichte der Bundesrepublik ist Hans Werner Kettenbach. Seine sieben bis acht Romane aus dem bundesrepublikanischen Tiergarten sind viel unterhaltsamer und spitzer als alle Weiterschreibungen Bölls.«
Kommune, Frankfurt

»*Der Feigenblattpflücker* ist eine Abrechnung mit der Parteipolitik und dem Politjournalismus: eine treffsichere Arbeitsplatzbeschreibung des Journalisten und Schriftstellers Kettenbach.«
Spiegel Spezial, Hamburg

»Ein Buch, das die ethischen Dimensionen des Aufklärungsjournalismus thematisiert. Und ein Roman, der alle Qualitäten hat, eine erfolgreiche Bett- und Ferienlektüre zu werden: temporeich geschrieben, spannend, anregend für den Geist.« *Neue Zürcher Zeitung*